있잖아, 가끔 나도 그래

있잖아, 가끔 나도 그래

초판 1쇄 발행 2018년 9월 5일
초판 2쇄 발행 2019년 3월 18일

지은이 한수련

발행인 장상진
발행처 (주)경향비피
등록번호 제2012-000228호
등록일자 2012년 7월 2일

주소 서울시 영등포구 양평동 2가 37-1번지 동아프라임밸리 507-508호
전화 1644-5613 | **팩스** 02) 304-5613

ISBN 978-89-6952-280-1 04810

978-89-6952-292-4 (SET)

· 값은 표지에 있습니다.

· 파본은 구입하신 서점에서 바꿔드립니다.

1장

삶이 당신이라
사랑만으로 충분하다

어둠에 흠뻑 젖어 빛이 필요치 않은 것.

그 속에서

시각을 제외한 나머지 감각만으로 사랑을 하는 것.

어느덧 볕이 들면

사소한 사람의 모습에 잠시 머뭇거리는 것.

기대하지 않았던 사랑이라도

다정하게

손잡고 살아가는 것.

서서히 서로에게 쌓이다가

다시 함께 어둠에 풍덩 빠져버리는 것.

침묵을 유지하는 사람보다
침묵을 훔치는 사람에 갈증을 느꼈다.

그런 도둑질에 마음마저 도둑맞을 줄은
몰랐다고 하면 거짓말일까.

누구에게도 말하지 않은 뻔한 과정들이
짐이 된다, 이것은 몰랐다 하면
진실일까.

_ 꿈

헌책방 구석에 앉아 구할 수 없었던 시집 한 권을 같이 나누어보는 일.

단어 하나하나에 들어간 마음들이 무엇일지 함께 머리 굴려보는 일.

종이를 한 장씩 넘기며 종이 냄새를 맡고 서로의 향기는 잠시 잊는 일.

그리고는 천 원짜리 몇 장으로 시집 한 권을 사서

한 손에는 시집과 한 손에는 네 손을 잡고

시와 같은 삶을 내내 거니는 일.

밤 내음을 맡으며 만월 밑에서 입을 맞추는 일.

서로의 눈빛만 보며 함축적인 감정을 느끼는 일.

마침내 나는 온통 너로 가득 찬 글을 엮어 너를 한 번 더
만져보는 일.

_ 사랑으로 가는 길

서툰 감정이 다가오면
잠이 오는 눈을 벅벅 비비며 겨우 정신을 차리고
그 사람이 먼저 잠이 들면 마음이 외로워지다
괜스레 오늘 나눈 이야기를 다시 읽어본다.
그리고 선불리 잠들지 못한다.
이성과의 처음은 늘 그렇다.

모든 감정이 예민해지고
온 신경을 그 사람에게 빼앗겨
잠이 들어도
나의 잠은 그 사람의 것.

_ 눈빛

사람의 눈빛에 약하다.
그래서인지 누군가의 눈빛에 빠져버렸다.

찰나의 스침에 나는 영원히 머물게 되어
눈을 감으면 그 눈빛이 더욱 선명해지는 것.
설명할 수 없이 기분 좋은 눈빛에
설명이 없어도
스스로 일깨워지는 강렬한 것.

빠져버린 것이다.

숨결도 아닌

눈빛이

어느새 내 세상의 전부가 되어버리는 것.

시작이었다.

_ 오래된 연인

모든 순간이 근사하진 않았지. 화내고 토라지고 싸우고 울고 아프고, 나도 당신도 많이 다쳤지. 마음이, 사상이 다친 거야. 나는 20년 넘게 이렇게 살았고 이렇게 생각해왔는데 당신은 아니라는 거야. 달랐지, 아주. 주장과 강요는 이어졌지만, 그로 인해 우린 상대방을 미워하기보단 스스로의 잘못된 점과 상대에게 배워야 할 것들을 되짚었어. 그래도 사랑이라는 감정으로 버텨보려 애썼던 정성이 헛되진 않았지. 오히려 서로가 달라서 지치고 힘들었던 시간들이 우리를 더욱 깊이 결합하게 한 거였어.

그래, 모든 순간이 근사하지 않았지만 당신은 언제나 근사해.

그와 있으면 정확하게 편안하다. 행복하고, 보호받고 있는 아늑한 느낌. 퇴근길에 빵을 2개 사는 것, 맛있는 빵을 샀다고 알려주곤 행복한 걸음을 걷는 것, 늦는 그를 달콤하게 기다리는 것.

사소함에 좋은 감정의 근육들이 서서히 풀리기 시작하는 것, 그 느낌이 사랑의 대표적인 보고였다.

비로 가득해지는 날이면
나는 늘 당신에게 편지를 쓰고 싶어져.

하지만 축축하고 잘 번진 내 감정이
글자에 고이 배일까봐 그러지 않았지.

오늘은 당신에게 비와 함께 글을 써.
당신을 잘 보내고 싶어서
붙들고 싶지만
비와 당신을 떨어뜨리고 싶어서.

익명의 그리움을 당신에게 보내.
사랑은 내가 보낸 거야.

비와 당신

나는 싫다 죽음을
더 기대하고 기다리는 사람이다

특히나
아름다운 광경을 볼 때면
더욱 죽음을 열망한다

당신이 잠드는 모습을 바라보고
당신 품에서 숨을 겨우 참아냈을 때
죽음을 바로 맞이할 수 있을 만큼

당신은 내게서 가장 시린 아름다움이었다

아름다운 것

_ 사랑은 음악을 타고

　나는 좋아하는 사람에게 아끼는 음악을 알려준다. 청각을 통해 뿜어져나오는 시각적 효과는 비정상적으로 선명하다. 가끔 묵묵히 끊길 관계라도 그 사람과 나눈 음악 하나로 다시 은밀해질 것이다. 그럼 우린 다시 희귀한 여러 풍경을 소리와 함께 품을 것이다. 끝내 우리가 서로를 돌아서도 흐르는 음악에 다시 한 번 마음이 납작해지다 함께 지나온 장면을 들으러 갈 것이다.

　나는 그 사람을 좋아하는 걸까.
　아끼는 노래를 건네고 싶다.

"당신에게 나는 있어도 그만, 없어도 그만인 사람인가요."
"모르겠어."

나는 마음이 흠칫했다. 감정의 물살은 거세졌고, 나는 그 힘
을 막을 수 없는 약한 사람이었으니 모른다, 라는 당신의 말
에 다시금 잠잠해지지 않는다. 마음결이 자꾸만 예민해져서
그 말을 되뇌며 소란스럽다.

나는 당신에게 어떤 사람인가요, 물어온다면

'중요한 사람이지, 소중한 사람이지. 중요하고 소중한 건 늘 바라보고 갖기가 힘들지. 그래서 당신은 내게 참 힘든 사람이지. 돌아가던 밤에 당신이 계속 아쉬워서 한참을 그 웃음과 눈빛과 소리를 멀리서 좋아했으니, 그만큼 당신은 내게 흔치 않은 바람이지.'

나는 그렇게 대답할 것이다.

그래서 당신은 나를 조급하고 엉성하고 불안하고 굶주린 바보라고 생각하겠지. 그렇지만 나는 내 감정에 솔직해서 우연을 제대로 만져보는 것이라고,

덧붙여서 말할 것이다.

_ 멀리서 보내는 마음

시시한 말을 하기엔
유혹적이지 못해서
솔직해지곤 합니다.

나의 진솔한 목소리는
시각적인 감정이 되어
곧잘
사람을 망설이게 만들기도 합니다.

그래서 당신에게 자주 묻고 싶습니다.
나의 일부를 감상한 마음은 어떤지,

남은 일부를 받아줄 여운이 남았는지,
혹시 나의 전부를 듣고
당신이 이젠 나의 전부가 되어줄 수 있는지,
당신에게 자주 묻고 싶습니다.

나는 머뭇거릴 당신의 입술도
기꺼이 기다려줄 수 있으니
내 뚜렷한 삶이 되어달라고,
당신에게 자주 고백하고 싶습니다.

당신 없는 삶은
숫자 없는 하루들을 보내는 일.

분침도 초침도
멈춰선 하루의 끝자락에서
안절부절 당신의 그림자라도
만져보려 살아가는 일.

모든 흉은 내게로 쏟아져
당신에게는 아름다움만 스미는 일.

슬픔도 아픔도

냄새가 없는 어둑함 속에서

구체적이지 못한 당신을

내가 엉망이 될 때까지 사랑하는 일.

존재하지 않아도

존재하는 것보다

더 분명한 당신에게

내 눈빛은 짙어만 가는 일.

_ 이상형

내가 빠졌던 남자는 그랬다.

스타일이 좋고, 그에 맞게 핏이 살았고, 미소가 달았으며 다정했다. 그런 남자의 별거 아닌 눈빛에 녹았고, 무심한 목소리에 황홀했고, 내게 다가올 것 같으면서도 멈춰진 발걸음에 불안해했다.

쉽게 빠졌던 만큼
쉽게 헤어나지 못했다.

그렇게 매력 있는 남자를 곁에 두고 싶어 솔직한 내 감정을 숨기지 못하고 남자에게 내 마음을 뻗었다. 그럴 때면, 남자는 서툴고 애매하게 내게서 물러났고 나는 또 상처 받았다.

그러면서도 남자를 놓지 않았던 이유는 사랑받고 싶어서, 사랑을 하고 싶어서, 그것이었다.

나는 그렇게 남자에게 마음을 빼앗겨 다 사라졌음에도

환상 같은 사랑을 원하고,
예약된 이별에도 감정선이 비틀거리고,
진심은 그토록 고정되게 기울어져 있었던 것이다.

단 한 순간도 진심이 아니었던 적은 없었다.
그래서 마음을 그칠 수가 없는 것이다.

"안 돼, 멈춰. 안 돼, 정말. 이러지 말자. 절대 안 돼."

누군가에게 빠질 때 나는 온 마음을 다해 부정한다, 통제한다, 거리낀다. 단지 순간에 지나지 않는 호감일 뿐이니 곧 사그라질 거라 몇 번이고 괜찮다고 나를 다독인다. 허나 그것은 착각이어서 사람은 나의 전부가 되고, 나의 어질러진 마음 조각들은 쉽게 한 사람에게로 향한다.

사람에게 향한 마음을 조금은 주저해봤으면 싶지만, 사랑이 어찌 머뭇거릴 수 있는 감정인가. 망설이는 순간, "안 돼." 라고 말하는 순간,

나의 넋은
이미 한 사람에게로 도주하는 걸,
이미 늦었다는 걸,
엄청난 아픔이 곧 몰려올 거라는 걸,

나는 알면서도
멈추지 못한다.

내가 말했는지 모르겠다.

너를 좋아한다고 말했을 때, 쑥스러운 맘보다 걱정스러운
맘으로 마구마구 가득했다는 걸. 고백으로 더욱 너에게 닿지
못할 것 같아서, 멀어져야 한다면 그리 하겠지만 사람을 향한
나의 빛은 어둑해지지 않을 것 같아서.

기꺼이 나를 사랑해줬으면 하는 욕심도 더해져서

하지만 이 어쩔 수 없는 사랑이 내게 자꾸만 부대꼈던 걸
내가 말했는지 모르겠다.

"보지 못한 사람과 사랑에 빠질 수 있다고 생각해?"

"미쳤니. 아니, 절대."

"왜?"

"어떤 사람인지, 진짜 실존하는 인물인지 아무것도 모르잖아. 정확한 게 있어도 사랑에 빠질까 말까 하는데, 정확하지 않은 사람과 어떻게 사랑에 빠지니. 그게 여자, 할아버지, 아저씨, 꼬마라면 어떡해. 어쩌면 사람이 아닐지도 모르는데."

'그렇구나. 근데 나 어쩌면 좋아. 희미한 사람을 이렇게나 뚜렷하게 사랑하고 있는데, 어쩌면 좋아. 그 사람 얼굴도 목소리도 아무것도 모르는데, 그를 사랑해. 왜 그러냐고 하지 마. 미

쳤냐고도 하지 마. 그냥 그렇게 사랑하게 됐어.'

나 많이 외로웠던 거니.
아님 진정 사랑인 거니.

그 순간만큼은 하나의 간절함인 거죠, 그 사람에게 나는

나름의 욕망 섞인 애정哀情이거나

헌신적인 사랑은 아니에요.

영원히 보살필 수 없던 눈빛이었으니까.

그 시간만큼은 간절함이 전부인 거죠, 내게 그 사람은

일종의 동경 섞인 애정愛情이거나

순간적인 사랑은 아니에요.

그 사람의 꿈을 자주 걱정하고, 한숨마저 기록했으니까.

환 상 喚想 _

시든 너라도 사랑한다고 하였다. 숨에서 멀어져도 너를 흥얼댈 수는 있다고 하였다. 그려본 우리를 더욱 섬세하게 간직한다고 하였다. 감정이 희끗희끗해도 사람은 깊어만 갈 거라 약속하였다.

너를 보면 내 세상이 이렇게나 철렁인다. 천년이 흐른대도 멈추지 않을 파동이다.

낭만이다.

사랑한다 말하고 싶었지만
좋아한다 말했다.

사랑한다 말하면
더 급한 도망을 칠까봐
더 나를 겁낼까봐
그저 좋아한다 말했다.

하지만
나는 사랑이다.
그에게 사랑을 말하고 싶었다.

비밀

사람에게 빠지면 참 곤란해.

감추어야 할 것들이 마구 생기고
드러내야 할 것들을 새로 만들지.
뱉어야 할 지루하지 않은 대사를
밤마다 쓰곤 하지.

진짜 나 자신을 잠시 잃게 되어서
사람에게 빠지면 참 곤란해져.

새로운 나

그럼에도 불구하고 묵혀둬야 하는 것, 그럼에도 불구하고 뱉어야만 하는 것.

당신에게 기필코 해서는 안 되는 말들이, 이 어둠에서 별보다 더 많이 쏟아져 내렸다. 입가에만 고여 있던 말들이 풀어지지 않아 그냥 잠이 온다며 눈을 감아버렸다. 당신은 눈을 감은 나를 한참을 바라보는 것 같더니 내 목을 감싸던 왼쪽 팔을 조심스레 빼어 이부자리에서 벗어났다. 눈을 무겁게 감은 채, 정적이 휩싸인 우리의 틈새에 귀를 기울였다. 당신은 이내 코를 훌쩍이더니 흐느끼기 시작했다. 놀란 나는 눈을 번쩍 뜨고 당신을 바라보았지만, 무릎을 꿇고 몸을 웅크린 모습에 다시 눈을 감았다. 약한 사람들이 만나 강해지는 것이 사랑이 아니겠냐, 라고 나를 타이르던 당신은 어딜 가고, 이렇게 물렁하고 약한 남자 한 명만 덩그러니 있느냔 말이다.

'사실, 나는 당신이 가끔씩 미워. 특히나 이렇게 추워질 때면 더 미워져. 그리고 나도 미워져서 힘들어. 뜨겁게 달궜던 힘들이 추위에 묶인 기분이야. 당신은, 어떻게 생각해?'

진심을 묵혀두니 거짓을 뱉을 필요는 없었다. 나 몰래 흘렸던 눈물들이 날 위해 흘린 마음들이라 내가 더 단단해져야 하는지도 모를 일이다.

군이 당신을 아프게 할 말들을 하지 않아도 되겠다.
당신 우는 모습 하나로 모든 것이 설명되지 않았는가.

_ 바래다주는 길

만남은 짧고 이별은 길다.

늘 당신 곁에 머물러서는 시간을 조잘대던 나였는데, 당신 하나 하루 끝에 가 있고, 나 하나 하루 시작에 살아가니 우리의 하루는 저만치 다르다.

그런 당신과 함께하는 시간은 너무나 귀하지만, 꼭 당신을 바래다주는 시점이 오고야 만다. 새벽녘, 우리 집을 나서 버스 정류장까지 당신을 데려다주고, 혼자 집으로 터벅터벅 걸어간다. 아직 내 옆엔 당신 온기 가득한 부재가 함께 발을 맞추지만, 곧이어 당신의 빈자리가 짙어져 조금은 눈물이 일렁인다.

    모든 것이 점점 쇠퇴하고 당신과 나도 늙어만 가는데, 사랑만은 점점 젊어진다. 그리하여 나는 이러한 세월의 흐름이 썩 나쁘지만은 않다. 내게 준 사랑의 빚으로 당신의 얼굴에는 틈새 깊은 주름이 모여 있겠고, 당신에게 준 생의 빚으로 나의 머리엔 공허한 여백만이 남아 있겠다.

    서로에게 주는 감정만은 더욱 열렬하니, 우리의 모습은 조금 소박해도 괜찮겠다. 그것만으로도 나는 당신과 계속 사랑할 수가 있겠다.

    당신을 바래다주는 길이 결코 무섭지가 않겠다.

　나를 지탱하던 것들이 쉽사리 무너졌을 때 대피해야만 한
다. 위험을 뒤에 업고서 네게로 도주하면 너는 나를 안전하게
사랑할 수 있을까, 라는 생각을 한다. 위험마저도 우린 어긋났
다. 그럼에도 나는 네 앞에서 무너짐을 완성해야겠다.

　나약함을 보인다는 것은 너를 오래 믿고, 접지 않을 마음을
가지고 있다는 뜻이니까.

마주 서서 저울질하지 않으며 사랑하는 사람.

만약 저울질할 일이 있다면 저울의 수평을 맞추기 위해

충분히 무언가를 덜어주고 채워주는 희생적인 사람.

그래서 참 세밀하게 마음 안고 싶은 사람.

그런 사람이라

내내 사랑으로 보살피고 싶은 사람.

_ 졸업 유예

당신에게 입학을 4년 전에 한 것 같은데요. 이번 달에 졸업을 해야 하는데 졸업을 못해요. 내가. 졸업 충족 요건을 마땅히 갖추지 못했거든요. 일단, 아직 해외여행을 같이 가보지 못했더라고요. 해외엔 한 번쯤 가줘야 하지 않나요? 요즘 세상이 어떤 세상인데, 가서 남다른 스펙 좀 쌓아야죠. 같이 시베리아 횡단 열차를 타고 유럽을 돌아다녀봐야죠. 뭐 미국도 좋고요. 음, 그리고 F가 너무 많아서 재수강을 해야 해요. 예를 들면 이런 과목이죠. 기초 심리학. 내가 당신 심리를 잘 몰라서 늘 우리 다퉜잖아요. 그것도 다시 제대로 공부하고. 매뉴얼 테라피, 이것도 잘 몰라서 늘 당신 몸도 잘 못 챙겨줬잖아요. 그리고 꼭 따야 하는 자격증도 몇 개 못 땄어요. 맛있는 음식 해주려면 조리사 자격증도 따야 하고, 집도 예쁘게 꾸며야 하니까 플로리스트 자격증도 있으면 좋을 것 같네요.

　이 연애의 졸업은 곧 결혼을 의미하나요. 그럼 정말 아름다울 것 같은데요. 늦진 않았다고 생각해요. 아무리 당신이 고프더라도, 차곡차곡 무언가를 쌓아서 졸업해도 나쁘진 않아요. 남들보다 늦어도 괜찮아요. 그 시간 동안 내 감정의 잔뼈들이 더욱 단단해지겠죠.

　졸업, 못해도 좋고, 늦어도 좋아요.
　기꺼이 당신에게 머물긴 한 거니까.

철저하게 사랑을 해요.

그 이후론 모두 내 몫이에요. 사랑에도 책임이 따르죠. 내가
당신에게 사랑한다 말하는 순간, 나에겐 그 사랑을 변질시켜
서는 안 된다는 임무가 생겨요. 그 사랑의 크기에 상관없이,
난 당신을 실망시키지 않을 것이며 묵묵히 그 감정을 유지하
거나 키워가겠다고 스스로 다짐해요. 인정사정없이 퍼주고,
멍청하게 사랑해요. 사랑에 있어서 나는 참 어리석어요. 아니
라고 해도 나는 괜찮고, 괜찮다고 해도 나는 아니에요.

그러니까 사랑은 두렵지만, 이별이 두렵진 않은 거예요. 이

별은 그리 대단치 않은 일이지만, 사랑은 얼마나 기막힌 일인가요. 그 환상이 내겐 염려스러운 세계예요. 언젠가 당신에게서 사랑은 사라질 것이고, 나는 괴롭겠지만 결국엔 인정하겠죠. 그럼에도 불구하고 당신을 철저히 사랑한다는 건 굉장한 용기가 필요한 일이에요.

어쩌면 이별은 흔하지만 사랑은 그렇지 않아서 당신이 내게 더욱 특별하겠어요.

그러니 되도록 서로를 놓지 않길 바라요.

나는 당신과 함께 서툰 곳으로 도망치고 싶다.

나는 그 순간을 글자로 빼곡하게 기록하고
당신은 사진기로 시야를 새겨두고
우리는 기분 좋은 음악에 흥얼대다
달콤한 공기 사이에서
맹목적인 사랑을 하는 일,
그것을 잠시라도 하고 싶다.

도망보다 우리의 사랑이 더 위험하고

미래보다 지금이 더 흔들려도
당신과 영영 도망치고 싶다.

모든 이별에서 주저앉아도 당신이 있을 테니,
그 어떤 도망도 벅찰 것이다.

_ 나를 파악

그렇게 쉽게는 사람 안 놔.

그 말이 자꾸만 든든해서 입 주변을 감싸고 있다.
잠시의 공백도 그 말로 채워져 충분히 고마웠다.
시간이 지나도 그 사람의 세상 끝까지 나를 데려갈 것만
같았다.

아닐지도 모를 일이지만
그 순간엔 그 사람도, 그 말도 당연하게 믿었다.

나는 늘 당신에게 읽히지 않는 한 권의 책과 같이 우두커니 덮여 있어요.

당신, 웬만하면 나를 한 번 읽어보지요.
나의 마지막을 참지 말고 사랑해주지요.
일련의 사람 이야기를 감상해보지요.
어쩌다 눈길이 닿는 문장에 밑줄을 그어 나를 더 깊이 각인해보지요.

그러면 어떻게든 내가 후회가 없겠지요,
다 읽힌 나를 당신이 떠나더라도.

강렬한 것에 자주 현혹되고 쉽게 지치곤 합니다. 갖지 못하는 것에 자주 욕심을 내고 쉽게 상처 받곤 합니다. 떠나갈 곳에 자주 집을 짓고는 겨우 버리고, 자주 성급하다 겨우 침착해집니다.

어떤 여정을 몹시 흠모하다 잊히지 않는 사람 하나로 인해 힘든 공기에 정착하려 맘을 다집니다.

어쩌면 삶이 다시금 사람으로 이루어진다는 생각이 듭니다.

상사병 _

누군가를 좋아하게 되면 살아 있는 모든 것들이 죽어가요.

누군가의 말 한마디와 행동 하나에 늘 당당했던 내 모습이 다 사라져가요. 누군가의 웃음 하나에 다잡았던 마음은 와르르 무너지고, 누군가의 손길에 꽉 쥐었던 이성마저 어디론가 달아나요. 이제는 볼 수 없는 사람이라 마지막 모습만 영영 붙잡고, 겨우 한 사람을 흘려보내요. 불쑥 끼어드는 그 사람의 목소리가 주변의 모든 소리를 잡아먹고, 내 모든 감각은 또다시 그 사람을 기다려요. 내 세계는 사이사이 끼어드는 사람 하나로 자꾸만 시들해져요.

나는 누군가를 좋아하게 되면
있던 것들이 사라지게 되고
굳건했던 것들이 휘청거리고
생생했던 것들이 흩어지고
그렇게, 살아 있는 모든 것들이 죽어가는 과정을 온몸으
로 겪게 돼요.

나는 숨죽여 바라만 봐야 해요, 좋아한다는 마음 하나로.

외로움으로 기울어져 _

늘 칭얼댔다. 사랑하는 양은 같을지 모르겠지만 표현하는 양이 달라서 나는 늘 투정에 입을 내밀고 토라졌다.

그래서 행복하지 않았다. 나의 이만큼과 그의 이만큼은 천지 차이였다.

그래, 충분해. 사랑은 한다고 하니까. 어정쩡한 진심은 아니잖아.

충분해, 충분했다.

사람을 잊기 위해 자주 떠나곤 하는데
그 여정에서 나는
매번 지우려던 한 사람을
더욱 내 속에 각인시키고 온다.

사람도 곧 풍경이라
끊임없이 뇌리에 박히고
시야에서 어슬렁거리고
돌아서는 내 발걸음을 와락 안는다.

지금 떠나는 이 여행에서

당신은 얼마나 많은 풍경 뒤에 숨어
나를 한바탕 어지럽힐까.

아, 피해갈 수 없는 사람아.
떼고 있는 모든 발걸음이
결국 당신을 평생 안고 가려는
흔적인 것을 알까.

이것이 사랑인 것을 알까.

기로 _

당신의 전화번호도
사는 곳도
지금 무얼 할지도 알고 있지만
아무것도 할 수가 없다.

나는
당신으로부터 지켜야 할 거리가 있다.
감정의 간격은 멀어야 하고
섣부른 그리움을 멈춰야 하고
'함께'라는 단어는 좌절시켜야 한다.

오늘만은 넘어서고 싶다, 모든 경계선을.

나를 그대로 두고

하루만 소란스럽게 사랑해보자.

하루를 제외한 모든 날은 아파도 좋으니

단 하루만 사랑을 만끽해보자.

_ 어긋난 눈빛

"눈빛을 읽을 수 있어?"

"어느 정도는. 그럴 때도 있고, 그러지 못할 때도 있고."

그 말을 듣는 순간 그의 눈과 열렬히 마주쳤다. 하지만 다시 조심스럽게 눈을 피했다. 겁이 났다. 내 눈빛에 가득한 그를 향한 마음을 읽을까봐, 혹은 그 마음을 읽지 못할까봐. 그러다 번뜩 눈을 마주했다. 비어 있지 않은, 간절한 열정이 서린 내 동공을 그의 눈에 가득 채우고 싶었다. 그를 얼마나 갈망하는지, 침묵하며 몰두하는 내 눈빛을 깨우치게 하고 싶었다.

아마도 그가 눈빛을 읽지 못한 때가 그 순간이었던 것 같다.

내 눈빛을 읽었다면

그렇게 빈 마음으로 날 보았을 리가 없으니까.

그토록 흐릿한 감정으로 날 만졌을 리가 없으니까.

사실, 내가 그의 눈빛을 읽지 못했다. 그의 마음이 담겨 있을 그 눈빛을 보면 나는 그에게 온 마음을 쏟아 내 눈빛을 보내지 못했을 테니까.

다행스러우면서 미어지듯 아프다,

그의 텅 빈 눈빛과 나의 꽉 찬 눈빛의 격렬한 대비가.

_ 더 단단한 너에게

나의 흐르는 상처를
너의 굳은 핏덩이로 초월할 수 없겠냐고 네게 묻는다.

나의 권태로운 눈빛에
너의 여유로운 삶의 한편을 나누어줄 수 없겠냐고 네게 묻
는다.

나의 부르튼 시간을
너의 청련한 눈물로 녹여버릴 수 없겠냐고 네게 묻는다.

나의 쓰라린 상념에

너의 고결한 애정을 담아 조금은 다독여줄 수 없겠냐고 네
게 묻는다.

나의 같잖은 기억이
너의 속 깊은 추억으로 더 아름다울 수는 없겠냐고 네게
묻는다.

너와 나
함께하는 이 세상
함께할 이 세상
이왕이면
날 더 사랑할 수는 없겠냐고 네게 묻는다.

_ 초봄

연신 예쁘다며
날 보며 웃는 당신에게
수줍은 미소를 보내다
문득 이런 생각이 들었다.

당신은 날
언제까지 그렇게 예뻐할 수 있을까.

나는
언제까지 그렇게 예뻐 보일 수 있을까.

사랑이라서 가능한 일이니
그 사랑이 다하지 않기를.

누군가가 난데없이 삶을 침범해서
내 삶이 내 것이 아니게 되는 느낌

누군가의 숱한 외면을 바라보며
내 삶이 누군가에게 마구 쏠리는 느낌

누군가를 위해 많은 것들을 내려놓고
내 삶도 일제히 무시하는 느낌

그거 사랑이야.

내가 점점 당신이 간절해져서 그러는데.

나를 사랑해줘요.
그 많은 알코올을 핑계로
진심을 하나하나 세울 거예요.

다른 사람이 아닌
나를 사랑해줘요.
그 내게서 사랑이라는 감촉을
느끼고 있다고
잠시 사라져도 되지만
없어서는 절대 안 되는
그런 아찔한 사람이
나라고 말해봐요.

분명,
전부 사랑이라고 말해봐요.

그의 사정

나는 그저
당신을 가만히 사랑하려고 합니다.

이미
안달의 끝에 도달했지만
늘 격랑이 이동 중인 것처럼

당신을 감자고 사랑하려 합니다.

그래야만
당신이 날 가만히 떠나지 않겠지요.

침묵한 감정

_ 거짓말

널 영영 잃기 위해 지금 여기 온 거야.
마지막이겠지, 계속이겠지,
마음속으로 혼자 싸우다가
둘 중 무엇이든 되리라 생각하고
너에게 안기러 온 거야.

네게 안긴 후 다시 제자리로 돌아오면
나는 네게 들킨 분주한 감정들을
애써 어디론가 박아 놓겠지.
그리곤 텅텅 빈 내 시간의 자리를
네게 안긴 새벽으로 하나의 영화처럼 꽉꽉 채워 넣겠지.

의미심장하게 날 보던 눈빛

으스러질 듯 뜨겁게 날 만지던 손짓

그와 반대로 너무 냉했던 숨소리

시간에 취해 달콤했던 목소리

이걸 다 외우면

난 그때서야 완벽한 안녕을 뱉을 수가 있을 거야.

그러니 냉정히 날 내치지 마.

사실은,

난 널 영영 얻기 위해 지금 여기 온 거야.

여름 밤바다였고 달이 떴고 물이 발가락에만 스쳐도 아찔했고, 경험하지 않고 바라만 봐도 좋은 것들을 곁에 두었던 날이었는데, 네가 있어서 더 어질했지. 바라만 보기엔 갈망의 빛이 달빛보다 강했지.

겪을 수 없는 것과 가질 수 없는 것은 그저 눈으로 보살피는 것이 현명하지.

그래서 널 그대로.

예외 없이 우려됩니다. 닮은 점이 많다는 이유로 사람과 사람이 겹치는 부분을 또다시 아끼게 되는 겁니다. 그 공통점에 시선을 맞추고 따라가다 보면, 감정 따위가 키워지는 겁니다. 그럼 당신은 다시 망가뜨리지 않기 위해 그 사람을 잘 보듬어야 합니다. 허겁지겁 밀어내지 말고, 너무 탐내지도 말고 소중하게 토닥이면,

그러면 걱정 없이 당신은 또 사랑과 동행하는 삶을 살겠지요.

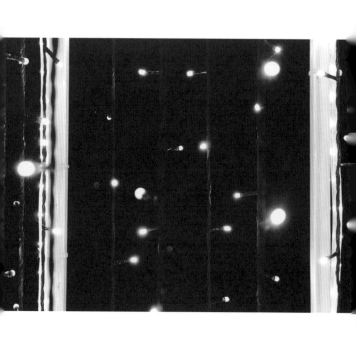

그의 무언에 관여하는 일이 주된 행복이 되었다.

그의 하루가 궁금했는데 역사가 궁금해지고

눈을 찌르는 머리칼을 만지고 싶었는데 구석구석 탐하고 싶고

밥 한 끼 같이 하고 싶었는데 모든 끼니를 챙겨주고 싶고

처음엔 맘이 부스럭대더니

지금은 아주 치열하다.

그는 존재 하나로 나를 이렇게 가만히 두지 않는다.

사랑이 입체적으로 내게 다가오고 있다.

소화하고 싶지 않은 세상이다.

_ 불꽃

그대에게 지속될 아름다움으로 남고 싶어
나의 소란스러운 슬픔은 살며시 지르밟았다.

지금 시들어버린 내 모습에
바닥으로 쏟아져 내리고 싶다.

그대에게 순간의 탄성은 남겼으니
떠날 수도 있을 것만 같다,
완벽하게 눈물을 보일 수도 있을 것만 같다.

그대에게 나는

눈을 감아도 스치고
마음을 내려도 울렁대고
세월을 넘어도 밟히는

강렬한 자국이고 싶다.

_ 하루만 사랑하기

내일이 오면 분명 후회할 테지만, 나는 오늘을 그와 함께
했다는 것에 후회하지 않는다. 어둠은 늘 분별력을 앗아가고,
불투명한 모험심을 활활 키운다. 나는 그 어둠에 둥둥 떠다
니며 그를 망설이지 않았다. 그래서 오늘을 후회하지 않는다.

머뭇거리다 오늘마저 그를 잃을 수는 없으니까.

일단은 다 버리고 당신에게 갈 채비를 해버렸어요. 무엇이
든 충족되지 않아도 돼요. 조금씩 자주 당신이 내게 보이지
않는 소중한 걸 떼어준다면 나는 감동으로 뭉클할 테고, 그것
으로 낭만을 여행하겠죠. 그것으로 난 용기를 얻어 마침내 당
신에게 짐을 모두 풀어버리지 않을까요.

마음을 단단히 짓고, 정착하지 않을까요.

나에 대한 사랑이 그렇게 자신있다면
온 세상 사람들이 그 사실을 알 수 있게
지독히 사랑해봐.

나만 느끼는 사랑은 부족하고 불안해
훗아서 감정이 답답해지고
나만 느끼던 사랑이 수그러질 것 같아.

너를 사심 없이 지배하는 위험
화박 일을 폭하게 밀어내는 냉정

너 하나에 온갖 용기가 필연적으로 따른다

_ 공간 속 부재

지금 내가 할 수 있는 일은
공간을 거니는 일.
당신을 거니는 일은
할 수 없는 일이 아닌
하지 않는 일.

당신은 너무 물렁해서
내 걸음을 휘청이게 하는 이.
지금 내가 해야 하는 일은
흔들림을 헛되게 하는 일.
신기루 같은 당신은

내 시야를 집어삼키는 이.

어쩔 수 없이
나는
공간을 거닐며 당신을 짐작만 하는 이.

계획된 만남 _

　의도적으로 두고 왔어요. 다른 건 없고, 두고 온 물건 핑계로 한 번 더 만나게 되지 않을까, 하는 암묵적인 약속인 거죠. 지금껏 가치 없던 순간은 없었으니까 또 그 순간의 연장선을 만들려고 하는 거죠. 물건을 들고 당신이 등장하면 기쁜 마음은 물러서게 하고, 번거롭게 해서 미안하다는 말을 하겠죠. 미안함을 이유로 밥을 한 끼 사고, 커피를 한 잔 마시며 대화는 깊어가고, 관계는 익어가겠죠.

　단도직입적으로 말하지 않아도 감정이 서서히 번져가는 걸 알 수 있지 않을까요.

그대, 비로소 바람보다 가벼운 미움과 바다보다 무거운 사
랑을 보내요.

내 감정의 무게를 고작 이렇게 비유해서 보내요.

더욱 깊어질 수 없는 밤보다 더 그대를 깊이 예감해요.

일제히 우리의 미래는 켜지고 나는 그 길을 잘 닦을 거예요.

일련의 애정을 나열해요.

이제 그대 그 거리를 흠 없이 걸어요.

더 살아나겠죠.

구석에 박혀 있던 우리의 처음이.

보고 싶어,

라고 말하는 순간 모든 것이 다시 시작되었다.

사랑한다는 말보다

좋아한다는 말보다

더 애틋하고 진득한 감정이 배어 있다.

보고 싶어, 내가 갈게,

라는 말에

끊어질 수 없는 질긴 인연이 다시금 시작이다.

얄팍한 사랑보다

신비한 설렘보다

더 다정하고 강한 감정이 동반한다.

모든 게 녹아내린다.

_ 사람을 여행한다면

한 사람이 왔다 가는 것이 얼마나 허무한지
사람 하나도 여행을 할 수 있는 어딘가라면
나는 내내 그곳을 여행하고
살아가고
사랑할 텐데

그럴 수 없는 게 사람이라서
언젠가는 보내야 하고
언젠가는 떠나야 하고.

너를 사랑한 시간 _

모두를 사랑하지만 당신을 더욱 사랑한다. 모든 수식어를
마구 붙여서 사랑한다.

눈을 비비며 일어나면 볼 수 있는 잠자는 모습, 아플 때 좋
아하는 과자와 약을 사서 한걸음에 달려오는 모습, 힘이 들어
울면 함께 울어주는 모습, 부족하지만 예쁘게 나를 담아주려
사진기를 요리조리 움직이는 모습, 세수를 하면 제대로 물기를
닦지 않아 촉촉한 모습, 고양이들을 아이처럼 생각하며 챙겨
주는 모습, 가끔 주체할 수 없는 마음을 열렬히 표현하는 모습.

나는 당신의 모든 장면들을 사랑했고, 사랑한다. 사람다움

에 반하고, 든든함에 기대고, 부족함에 보살핀다. 꽤 많은 시간 동안 당신을 읽고, 닮고, 토닥였다. 고난을 마주하면 늘 곁엔 당신이 함께였고, 행복을 마주해도 늘 당신이 자리를 지켰다. 내가 이루었던 모든 일들이 당신이 주는 안정감에 가능했던 것이다.

내게 그리 어렵지 않은 사람이 되었지만, 여전히 모르겠고, 그래서 더 들여다봤고, 그러다 오래 없어선 안 되는 사람이 되었다.

그렇다, 천 일이 이렇다. 나를 생각하면 그 사람이 떠오르는 것, 그 사람을 생각하면 내가 떠오르는 것.

하나 소망이 있다면 우리가 훗날 다시 사랑하더라도 간절히 서로를 원할 수 있길, 그렇게 서로가 서로에게 기적이길.

그 사람을 두고두고 사랑한다. 시도 때도 없이 꺼내어 사랑을 말하지만, 쉽게 말한 적은 단 한 번도 없다.

나의 사랑이 그에게 진한 위로가 될 수 있을까. 아니면 떨어지는 봄처럼 허약한 아름다움일까.

_ 모든 게 당신이라

처음에 참 멀게만 느껴졌던 당신이, 가까워졌다.

마음도, 감정도, 숨소리도, 웃음도, 내게 자꾸만 밀착된다.

결코 짧지 않은 시간 동안 나와 함께 살아주어 고맙다.

오늘, 미안한 추억은 덮고 앞으로 같이 세계를 살아갈 채

비를 하자.

그러니까, 계속 머물며 사랑해달라는 거다.

예고 없이 너를 만나
예고 없는 사랑에 빠져
늘이 어둑해 볼 수가 없다

2장

나는 그저 널 감상해야만 하는

관객이다

_ 그의 대가

하지만 일부였잖아.

그러니까 내 말은 적당했잖아.

그래도 꽤 넘쳤어.

결국 가득은 아니었지만.

불면증 _

......

나는 그렇게 잠들었다.
그러나
너만은 잠들지 않고
내내 나의 밤 속에서 깨어 있었다.
그래서 밤이 이렇게 아프고
이토록 다시 보고 싶고
오래 머물고 싶은 것이다.

_ 지나간 소망

내가 원하는 삶이 그것이었다. 하루의 품에서 소박한 행복을 함께 나누는 일. 그것을 당신과 함께했으면 했다. 당신이 있음으로 하루가 한 시간처럼 느껴지고, 지는 해가 떠오르는 해처럼 기대되고, 감싸는 공기는 온통 굳어지는, 그런 숨 막히는 순간들을 맞이하길 바랐다. 나는 지금 당신과 그 어떤 순간보다도 가까이 있는데, 할 수 있는 일이라고는 바람으로 당신의 숨결을 대신하는 것뿐이다.

거리가 무서워지기 시작한 것은 너 때문일까. 나는 널 몰라서, 너는 날 몰라서, 거리에 불쑥 비치는 모든 사람들이 너의 한 부분이진 않을까. 혹은 전부이진 않을까. 거리를 머물다가 스치는 그림자마저 내 눈길을 사로잡고 만다. 너였으면, 꼭 너이길. 그렇다면 이 거리에서 나는 차에 치여 죽어도, 햇빛에 타들어가도, 구렁텅이에 빠져도 죽음이 마땅할 텐데.

나에겐 거리가 그저 아득한 시선 속 한 부분인데.

낭비 _

글감이 떨어졌다. 내내 너는 실이 옷을 만들어내듯 내 글을 만들었는데, 네가 더 이상 변변치 않은 재료가 된 것이다. 사실 널 생각하는 데 늘 서툴다. 4년이란 시간이 흘러도 어색하고 낯설고 괜히 속상하다. 그랬던 네가 이제는 반짝 스치지도 않는다.

나는 이제 무얼 글감으로 써야 하나 싶다. 글을 쓸 때마다 너라는 사람을 많이 사랑하였으니 그걸로 되었다. 이제 새로운 글감을 찾아야겠다.

생각할수록 가까워지고 황홀해지다가 가끔씩 서성거리는 것으로. 너와는 조금 반대인 실자락 같은.

_ 내뱉은 대사

너와 내가 눈은 마주하지 않았더라도

마음만은 마주하였으니 후회 없이 지난 시간을 새겨둘게.

진정 사랑은 했으니 나로 인해 힘든 네 곁을 떠나야겠지.

남김없이 널 잊어야 하고

시간들을 버려야 한다면 그 또한 그래야겠지.

어리고 철없던 우리였지만

사랑에 있어서는 진중하고 때 묻지 않은 순수한 사랑

그 자체였으니,

거짓 없는 사랑으로

그 마음만 가져갈게.

지금까지 온통 너였으니
이제는 온통 이별이겠지.

이곳에 왔다,

내가.

드디어.

밴쿠버는 내 첫사랑이 살던 곳이다. 어쩌면 여전히 살고 있
는 곳일지도 모른다. 그래서 늘 궁금했다. 한국에 있는 나보
다 16시간 과거에 사는 그곳은 감격스러울지, 그가 보내준 1
월의 우울한 거리와 통유리로 하늘을 보여주는 건물이 여전
히 자리하고 있을지, 겨울엔 거의 비만 내려서 널 더 외롭게
한다는데 과연 그럴지.

나는 늘 그곳에 가고 싶었던 것이다. 아니, 나는 늘 그에게 가고 싶었던 것이다.

무작정 길을 걷다 그가 보내준 사진에 있던 거리와 건물을 보고는 발걸음이 쉬이 떨어지지 않았다. 발걸음은 그에게 순간적으로 머물렀고, 마음도 그에게 기울었고, 입술은 그를 그리고 있었다. 아무것도 아닌 거리에서 나는 많이 아팠다.

괜히 왔다는 생각도 가끔 든다. 자꾸만 우리가 그랬다면 어땠을까, 라는 말도 안 되는 후회만 들고 혹시나 하는 기대감은 역시나 하는 실망감으로 쉽사리 바뀌지만, 그래도 뒤를 돌아본다. 그게 싫다.

이제는 더 이상 아무것도 아닌 그를 자꾸만 만져보는 것이 마땅한 일은 아니었으니 말이다.

괜스레 편지를 쓰고 싶은 새벽이야. 첫사랑에 대한 무언가를 보았거든. 너에게 조금은 깊이, 진실된 마음을 구하고 싶다.

내가, 꽤 오랫동안 너를 사랑해왔어. 십대의 끝머리에서 위태롭던 감정을 애써 남겨두고, 지금은 어느 정도 잔잔한 감정을 바라보고 있어. 네가 어찌나 궁금하던지 매일 헛된 상상으로 마음이 출렁였지. 내가 그리던 모습들이 들어맞을지, 늘하나하나 만져보곤 했지.

첫사랑이라는 단어 안에 너를 집어넣고 나는 너를 적당히 사랑한 적 없었다고, 너를 시시하게 앓아본 적은 없었다고, 혼

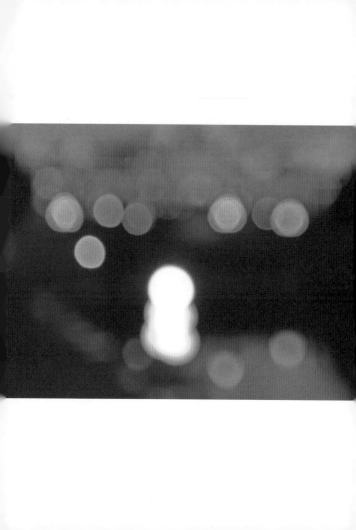

자서 온갖 특별함을 부여했지. 첫사랑은 열렬하게 사랑하다 부서지듯 아파하는 것이 어쩌면 의무가 되어버렸는지도 모르겠어. 나는 마땅히, 혹은 심히 사랑이라는 것을 했다고 생각해왔는데 말이야.

이제 너는 내게서 그리 만족스럽지 않은 사람으로 잠잠해지겠지.

아마 그렇겠지, 너는 그저 불쑥 찾아온 낯선 이였으니까.

한 번도 스치지 않은 죽음처럼, 나는 너에게 머물지 못할 사람으로 남고 싶다.

내가 너와 이뤘던
모든 사랑이
부재한 사람과의 애정이 아닐
바란다

너를 사랑하는 동안
마주쳤던 너의 간절함이
몇몇 순간의 마음결이 아니길
바란다

너를 오래 읽고 나서
흙로 널 맞서는 것이
내가 너에게 줄 마지막 정성이다

마지막 기억

당신 생각에
뿌연 안개 같은 한숨이
온통 공간을 뒤덮는다

풀어진 한숨 가득할 때
생각한다

아, 그랬지.
당신은 그렇게 호릿했지.
그래서 날 모든 것과의 이별을
시작해야만 했지.

아, 그랬지, 정말 그랬지.
당신은 그렇게 가득하면서도
막상
아무것도 없는 사람이었지.

안개 속

하룻밤 _

굳게 닫힌 커튼 뒤쪽으로 수줍은 새벽이 그늘졌다. 눈을 깜빡이며 멀뚱히 천장을 바라봤다. 낯선 높이가 나를 잠시 두렵게 만들었다. 지난밤을 깜박할 뻔했다. 왼쪽으로 얼굴을 돌리니 너의 얼굴이 희미하게 뚜렷해진다. 어제 우리는 참 따스했건만, 지금은 냉한 아쉬움만 맴돈다. 뜨거운 전기장판에 맨살이 데일 것만 같아 이부자리에서 벗어나려 했지만, 나를 잡는 것만 같이 짙어진 네 얼굴 때문에 등허리가 떨어지지 않는다. 습한 등짝을 왼쪽으로 기울여 너라는 사람을 눈으로 한참이나 기웃거린다. 나, 이제 떠나야 하는데. 아련한 기억에서, 늘 머뭇댔던 너에게서도 정말 떠나야 하는데. 너를 깨우려 손을 네 몸에 올렸다가 흔들지는 못한다. 머리카락과 이마 사이에 맺혀 있는 작은 땀들을 손으로 쓸어 담고, 작은 내 손바닥으로 네 따뜻한 왼쪽 볼을 어루만지면, 됐다. 나의 인사다.

이불 속에서 나와 욕실로 향한다. 아직 한겨울이라 물은 포근해도 공기는 시리다. 닭살이 돋은 내 몸에 물을 뿌리고 머리에도, 얼굴에도 물을 뿌리고, 그러면 나는 정신이 서서히 잡혀간다. '아, 그래도 인사는 해야 하지 않을까. 나가면 깨워야겠다.' 작은 결심을 하고 물기를 닦은 후에 옷을 입는다. 욕실 문을 열고 너에게 슬금슬금 다가가 다시 손을 내민다. 그새 몸을 비틀어 천장을 마주하고 눈감은 네가, 왜 이리 날 먹먹하게 만드는지. 겨울의 이른 아침엔 해마저 들지 않고, 아직 아침이기에는 너무 이른 다섯 시. 내가 말없이 떠날 줄은 모르고, 아이처럼 잘도 잔다. 너를 흔들지 못하겠다. 영영 여기서 발걸음이 멈춰질까봐 겁이 나서, 너의 낯을 넋을 잃고 바라볼 수밖에 없음이 나의 마지막 용기다.

욕실에서 조용히 준비를 하고 나와 가방에 짐을 챙겨 넣는다. 두터운 외투를 입고 가방을 메고 문 앞으로 조심스레 걸어간다. 자꾸만 뒤를 돌아보게 만드는 네가, 나를 이내 나락으로 떨어뜨린다. 겨우 마음을 다잡아 신발 끈을 동여매고, 내기억도 여기에 동여매고, 너의 집을 나선다.

아, 겨울이 이렇게 추웠던가.

혹시 네가 잠에서 깨어 빈 옆자리를 어루만지다 깜짝 놀라 내게 달려올까, 발걸음의 보폭이 촘촘하다. 푸른 새벽빛으로 가득한 골목어귀에서 나는, 지난 우리를 다스리고 첫 차를 타러 몸을 옮긴다.

네게 나는 사랑이었는가.

괜히 어지럽혀진 감정들이 내 앞길을 막는다. 손잡이의 덜컹임만 소리 내어 울먹거리고, 나는 버스 안에 서운한 우리의 밤을 내버려두고 떠난다. 혹, 네가 그 버스를 탄다면 이유 모를 내 환상에 휩쓸려 나를 생각할 테지. 그리고 가방을 바짝 메고 어디론가 떠나겠지. 나에게서 떠나려 맘을 착하게 먹겠지. 그렇다면, 나는 네게 단 한마디도 남기지 않은 작별인사가 감사하겠다. 네 볼을 비비적대던 내 손이 아름답겠다.

우리는 사랑이었겠다.

_ 함축적인 그 문장

억지로 썼다 한 번은 보겠지, 느끼겠지 싶었다.

그러면 무얼 하나, 저절로 생긴 마음처럼 쉽게 쓰이지 않은 문장이었는데.

단 한 줄도 받아들이지 못했겠다 싶었다.

실은 그 한 줄이 참 전부였는데 말이다.

참,

그게 전부였는데.

갔습니다 아아 사랑하는 나의 남
는 맛날 때에 떠날 것을 염려하
람은 있지마는 님을 보내지
게 고조함 못 이기는 사랑의
을 쫓으고 놀라나
니 죽음을 잊히어 나

_ 벌써 이별

사람을 품에 안고도 생각한다는 게 고작 이거였다.
얼마나 오래 내게 안길 수 있을까,
얼마나 오래 내가 안을 수 있을까, 이 사람을.

고작 생각한다는 게 섣부른 이별이라니.
고작 걱정한다는 게 슬픔을 맞이할 시간이라니.

너와 나 사이에는 늘 시차가 있었다.

너는 늘 어제의 밤이었고
나는 늘 내일의 아침이었다.
오늘을 사이에 두고는
마음 한 점 둘 수 없었던
감정의 시차.

너는 먼 걸음 뗄 생각도
나는 뒷걸음 뗄 생각도
하지 않은 채

좁혀지지 않는
일정한 시차.

결국
너와 나는 이처럼 저물어야만 한다.

시야의 차가움에
시간의 차이에
쏟아져야만 한다.

우연을 놓치지 마 _

우연의 저편에서 목소리가 들려온다.

"뜻하지 않게 들이닥친 사람이야. 그냥 지나치지 말아야 해. 너의 의지로만 떠나보낼 수 있어. 주변 사람의 소란에 설득되면 안 돼. 어떤 두려움이 깊어져도 너는 빠져나올 수 있어. 머나면 근심까지 애써 네 곁에 앉히지는 마."

가끔 우연이 죽은 마음을 살리곤 하니까, 라는 희미한 말까지 웅웅 맴돈다.

그런 생각에 사람을 잡고 싶었던 걸지도 모를 일이다. 가끔은 너무 착해빠져서 뭐든 내칠 능력은 없다고, 거절을 적대한다고, 혀를 차던 모습들이 보인다. 쥐고 싶은 사람이었다는 진실보다 별거 아닌 사람이었다는 거짓이 이리저리 마음에서 배치될 때도, 나는 그 말이 자꾸만 맴돈다.

가끔 우연이 죽은 마음을 살리곤 하니까.

그래서 나는 다시 죽어버린 마음을 가지고 사는 건가 싶다.

너와 내가 강남의 중심에서 만나는 거야.

우린 눈을 마주하기 어렵겠고, 먹먹하겠지.

어쩌면 못 알아볼지도 몰라.

서로가 생각해왔던 그 사람 냄새가 달라서.

그렇게 우린 침묵을 유지하다가 조용한 곳에 들어가 술잔을 기울이겠지.

오로지 친구라는 명분으로 안부를 묻고 걱정을 하겠지.

술을 급하게 마셔 긴장이 풀리면 마음도 그대로 풀려 진심이 폭발할지도 모르겠어.

서로에 대한 원망과 미련이 뒤섞인 눈물을 쏟아부을지도 몰라.

또, 어렸던 스무 살의 그 날들을 아름답게 더듬을지도 몰라.
나는 술을 희석시키면서 너에 대한 기대도 희석시키겠지.
너는 술을 마시면서 나에 대한 기억들도 들이마시겠지.

결국은 우리의 만남을 아파하면서
과거의 허기짐에 자리를 털고 일어나겠지.
다시 보자는 말 한마디도 없이 안녕을 억누르겠지.

나는 널 만나고 싶을 때마다
눈을 감고 내 몸을 네가 있을 어딘가에 데려다 놔.
나만의 지도를 펼치고 너를 찾아 사방을 헤매지.

너는 내 심정이 조금은 이해가 될까.

간절한 길 따라 상상의 너를 배회하는
내 절심함이 이해가 되느냔 말이야.

_ 이별을 토닥이며

"너는 요즘 마음이 어때?"

"그냥 너무 복잡해. 그 애랑 이제 끝난 것도 알고, 우리 사이가 아닌 것도 아는데, 걔한테 연락 오면 흔들려. 나 갖고 노는 것도 알고, 서로 안 맞는 것도 아는데 너무 흔들려. 생각도 많고 내가 너무 한심한 것 같아. 사진도 삭제하다가 말았어."

"사람 마음이 다짐한 것처럼 순차적으로 모든 게 잘 진행됐다면 세상에 있는 모든 상처들은 아예 없었겠지. 넌 그냥 더 나아지려는 과정을 겪고 있고, 그 과정에서 인내라는 것도 배우고 더 단단해지는 것도 배우는 거지."

아,

그리고 이별이 그렇게 쉬웠다면 사랑도 쉬웠을 거다.

네가 사랑하는 과정이 힘들어서 이별이 더 힘들 거야.

그 사람을 잘 견뎌 이겨 내.

내가 가졌던 모든 풍경 속엔 흩어진 너의 조각이 꼭 숨어 있었다. 나는 그것들을 모으고 모아 낱말을 적어내고, 기나긴 이야기를 달런다. 몇 번을 보아도 낯설다, 너의 사소함을 사람들에게 속삭이는 것이. 이제 다신 네게 포근하지 않으려 날이 선 문장을 엮는다.

다시는 네게 단순히 나를 주지 않을 것이다.
더 달콤해지리라.

　너에게로 향하던 모든 걸음을 멈추었다는 것, 나는 도무지 자신이 없다는 뜻이다.

　풍경에 감탄하다 네가 더해지면 암흑이 되고, 음식을 씹어 삼키다 네가 스치면 거식증을 앓고, 잠에 취하다 네가 떠오르면 열병에 머물고, 술에 젖다 네가 그리우면 인내에 살이 오른다. 그래서 나는 걸음을 그치고 너를 위한 정지된 이기주의자로 남기로 했다.

　내색하지 못했던 슬픔은 네 몫이다.

내가 쏟고 있는 눈물보다
쏟았던 사랑이 더 많으니까
당신은 행복해야만 한다.

이별에도
정성을 들이며
당신을 사랑한다

마지막 배려

눈에 담았지만
영영 담을 수 없는
불꽃 같은 사람

풍경

_ 냉정과 열정 사이

'어쩔 수 없었다.'라는 말 속에 무엇이 담겼는지 아니. 나도 알지 못하는 자유, 준비 없는 두려움, 그래도 더 잘 살려고 했던 기대. 그때는 참 불투명했던 감정들이 섞인, 나름의 변명이 함축되어 있었던 게 그 말이었어. 울다가 울다가 그치면 적막에 소름이 돋았지. 고작 그런 말 하나로 내가 무엇을 얻으려고 했을까. 나에 대한 원망이 자꾸만 날 덮는 거야. 너는 아니. 눈이 팅팅 붓도록 울었던 수많은 밤이, 결국은 그 하나의 존재가 그래도 아주 짧게나마 살았다는 것을 증명하는 것이란 걸. 너는 정말 알고 있니.

나는 자주 무너지며 잃어버린 것을 복구하는 것에 애를 쓴다는 것을, 분명 알고 있니.

　나의 어렸을 적 찢어진 다짐이 많이 후회가 된다. 곧잘 회복이 안 되는, 그런 과거 있잖아.
　그런 거, 그런 거야.

희생은 그만 _

　사랑을 하면서 내가 포기한 것들, 당신이 포기한 것들, 그것
들을 합하면 충분히 이별의 이유가 되나요. 꽤나 많을 텐데,
넘칠 게 분명한데, 포기한 것들을 나는 다시 살려내고 싶어서,
그래서 이제는 당신을 포기하는 게 나을 것 같아서.

　서로를 위한 희생은 그만.

_ 이별 후 할 일

이 공허한 새벽을 사람 하나로 가득 채우지 않을 것.

책을 읽다가 배 위에 잠시 두고는 둘이었던 순간을 떠올리지 않을 것.

눈을 감고 자잘한 점들 사이에 추억을 끼우지 않을 것.

함께 듣던 노래를 들어도 이젠 혼자임을 깨우칠 것.

오지 않는 연락에 헛되이 기다림을 낭비하지 않을 것.

얄팍한 기대와 두터운 감정은 제대로 숨길 것.

사랑을 잠시 머나면 공중에 날려버릴 것.

당신에게 하고 싶은 말이 너무나 구체적으로 떠올라서 괴로워요. 그럴 때면 털어놓지 못한 말들을 탈탈 털어서 종이에 썼다 지웠다 반복하지요. 진심을 숨겨야만 하는 슬픔에 마음이 빠개지고 순간순간이 만신창이가 돼요.

그렇지만 나는 솔직함이 누군가에겐 상처가 되거나 부담이 될 수 있다는 것을 알기에, 당신에 대한 감정을 많이 인내해요.

요즘 자주
그렇게,
그리움을 잘 다루고 있어요.

_ 감정으로 벌어먹고 사는 일

나는 늘 그렇듯이 당신이 주는 온갖 아픔을 남기는 일을 하며 벌어먹고 삽니다.

당신이 나를 아무리 서글프게 해도, 나는 그것을 잘 달래어 무너지지 말아야 합니다. 어쩌면 당신이 내 마지막 사랑이 될지도 모른다는 생각보다 머지않아 웃으며 회상할 수 있는 사랑이라는 생각을 해야만 합니다. 넘치는 감정을 보여주기보다 그것들을 조금씩 덜어 하루하루 천천히 보여주어야 합니다.

나는 그렇게 당신에게 푹 젖어들었음에도 마음껏 사랑하지 못하고, 삭히고 삭히다가 그 감정으로 벌어먹고 삽니다.

그 감정으로 어쩔 수 없이 살아갑니다.

_ 기억상실

사랑을 도무지 모르겠습니다. 그렇기에 이별은 더욱 모르 겠습니다. 그런데 제가 이별을 했고, 그 전에는 사랑을 했다 니요. 참 어리둥절합니다. 어떠한 습격을 받은 것 같습니다. 그렇지 않고서야 이렇게 헤집어져 속이 아플 수가 있나요. 아 니면, 어떠한 취함에 정신을 못 차리는 것 같습니다. 그렇지 않고서야 이렇게 헐렁한 시간을 그대로 둘 수가 있을까요. 분 명 난 사랑을 알아서 그것을 맘껏 말했던 것도 같은데, 이제 는 짐작으로도 알 수가 없습니다. 끝과 동시에 기억상실증에 걸린 것처럼……

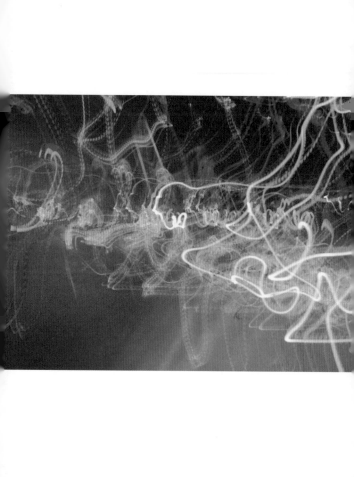

딱 한 번만 더 사랑을 하다 헤어지면
더는 바랄 게 없다고
그때의 이별은 마땅히 겪겠노라
네게 애걸복걸했다.

너는
사랑이 설익었고
마음은 구체적이지 않으니
그럴 수는 없겠다고 했다.

서로의 것이 될 수 없었던 미지근한 추억이 몰려온다.

_ 어리석은 관계

어리석은 관계는 지워야 돼. 진작에 끝냈어야 할 관계도 마찬가지야. 키워나간 정만 응시해서야 되겠니. 그건 널 더 미래 없는 사람으로 만들 텐데. 물론 네가 이렇게 머무는 것도 나쁘지 않다면 그렇게 해. 다만, 그런 사람들 중 행복한 사람은 드물다는 걸 기억해.

난 네가 적어도 불행하지 않았으면 좋겠거든.

바람에도 흔들리지 않는 내가
너에게는 온 마음이 흔들린다.

너는 바람보다 딱딱한 하나의 부딪힘이다.

_ 그때로 돌아간다면

잡은 적은 없었는데, 보낸 적도 없었습니다.
하나라도 했으면 괜찮을 뻔했는데
아무것도 못해서 괜찮지 않은 것도
같습니다.

그리움을 숨기지 않고 폭발시키는 일
당신을 견디지 않고 편히 사랑하는 일
눈에 보이는 아름다움보다
보이지 않는 감정의 위기를 품는 일

여행을 하면서 이런 일들을 주로 했습니다.
다음 여행에선 어떤 일들을 펼칠까요.

나 혼자만
이렇게 굳건하고 타당한 마음을 가졌다고 해서
사랑이 이루어지는 게 아니잖아요.

그 사람이
나의 짙은 감정 속 그림자에 깊이 눌려
등 떠밀리듯 나를 사랑해도
후에 오는 이별이 더 걱정이잖아요.

어떻게든 사랑이 아니잖아요.

그죠

유월을 무서워해요.

일 년의 절반인 유월, 더위를 준비하는 유월, 한 여인의 탄생이 깃든 유월, 그 여인을 죽음으로 내몰았던 유월. 봄이 다녀간 자리가 아쉬워요. 여름의 시작이 몸서리치게 두려워요. 그 틈에서 나는 태어났어요. 마침내 다시 무서워하는 시간을 맞이했어요. 나는 어쩔 줄 몰라요. 내가 싫어하는 것들이 가득 모여 있는 30일의 시간에 덜컥 겁이 머물러요. 미적지근한 순간들이 결코 아니에요. 유월은 매일 뜨겁다 못해 타드는 나날들로 득실거려요. 유난히 아픔이 가시지 않는 달이네요. 다가올 수많은 유월들에 고개가 절레절레 흔들려요.

당신의 유월은 어떤지 묻고 싶네요.

잊힐 만한 달이었나요. 당신에게도 내내 머물 달인가요. 우리는 사랑이었잖아요. 유월의 더운 바람에도, 살아 있는 태양에도, 우리는 더 숨 쉬는 사랑이었잖아요. 그러다 우리는 이별이었잖아요. 시린 언어에도, 죽은 마음에도, 우리는 더 텅 빈 이별이었잖아요. 그 사랑과 이별이 뒤섞인 유월을, 당신은 어떻게 생각하고 있는지요. 서로를 다시 붙들 수도 있던 날들 속에, 마침내 안녕을 치러야 했던 유월을 잘 보내고 있는지요.

유월이 막연해요.

당신으로 인해 온갖 절규로 보냈던 유월이 잔인해요. 알잖아요, 당신은. 엄청난 죄책감에 스스로를 지옥으로 떨어뜨린 나를, 알잖아요. 모르나요, 당신은. 집 앞 슈퍼에 들러 죽음의 도구를 이리저리 둘러보며 며칠 동안 고민했던 나를, 모르나요. 나는 용감하지 못했던 여인이라 절명의 시작에서 엉엉 울고 말았어요. 나의 탄생일을 죄의 뒤범벅으로 만들었던 나를, 당신은 분명코 알고 있잖아요. 그러니 당신도 유월이 힘겨워야 해요.

  나는 영원히 유월이 아파요.

부재중 전화 한 통.

나는 부재하지 않았으니 그건 부재중 전화가 아니었다. 그냥 남겨두려는 전화였다. 전화를 받아서 그 사람의 목소리를 듣는 것보다 내가 먼저 '여보세요.'라는 무의미한 말 한마디 떼는 것이 힘들기 때문이었다. 차라리 전화를 받지 않고 다음 날, '일찍 자서 못 받았어. 무슨 일 있었어?'라고 메시지 한 통 보내는 것이 더 다행스럽겠다.

'나 어제 일찍 잤어. 무슨 일 있었어?'
'그냥 심심했나봐.'

'뭐야.'

요즘 밤이 점점 촉촉해지던데, 그러한 밤 속에서 심심해서
내게 전화했다고 하니, 시시하다.

'애들이랑 만나야지. 너도 애들도 다 보고 싶은데.'
'나도 어제는 그랬었지. 그 마음 잘 알아. 힘내.'

그 전화, 그때만큼은 마음이 잠시 부재하길 잘했다.
그 말에, 그때만큼은 사람 하나 남겨두길 잘했다.

_ 음악에 담긴 순간

"이 노래 어때?"

"진짜 좋다."

"그렇지? 요즘 이 노래랑 이 노래 매일 듣고 있어."

"누가 부르는 노래야? 나도 이제 들어야겠다."

"비밀이야. 나중에 알려줄게."

"치사하긴."

의도치 않게 음악 하나엔 너와 내가 밤을 나눈 일이 담겨 있고

멜로디 속에 녹아 있는 너의 숨 막히는 호흡과

가사 곁을 맴도는 나의 불행한 사랑이

자꾸만 나를 괴롭힌다.

너와 음악을 나누었다는 것은
내가 말하지 못한 것을 전하는 마음.
그에 맞는 분위기에서 더 진득하게 사랑하고 싶은 마음.
훗날 각자의 플레이리스트에서 똑같은 곡이 흘러나와
똑같은 장면이 네게 흘렀으면 하는 마음.
그 의미이다.

음악 틈으로 미세하게 내가 들어가고 있는지,
무작정 비집고 들어가고 싶은 맘이
크다.

_ 파도 소리

그날의 통화는 꽤나 아름다웠다. 나는 파도 소리를 들려줬고 당신은 그 소리를 좋아했다. 그래서 더욱 힘껏 바다에 가까이 휴대폰을 내밀었다. 당신이 좋아하는 것에는 정성을 붙여 전해주곤 했다.

그 파도 소리 하나도 진심을 다해 수화기 너머로 보냈다. 근데 그런 내 순수한 마음을 망친 건 당신이었다.

사랑으로 성장할 틈은 시도 때도 없이 주었으면서, 당신의 삶으로 비집고 들어갈 틈도 수시로 열어주었으면서, 받아내진 않았다.

미안함에 과감히 뿌리치지 못했던 그 배려가 그를 더 진하게 사랑하게 했고 나를 더 깊숙하게 망쳤다.

파도 소리 따위, 분별없이 보내는 게 아니었다.

_ 사연 쌓인 이름

"수련아."

"응?"

"네 이름, 정말 예쁜 것 같아. 특히 성 때문에 더. 아버지가 이름 지어주셨다고 했지? 평생 감사해야겠다."

"맞아. 나도 내 이름 예쁘다고 생각해. 그리고 만난 사람들이 내 이름은 잘 잊지 못하겠다고 하더라. 근데 네 이름도 예뻐. 외자에, 네 이름 부를 때 입술이 모아졌다 퍼지는 느낌이 좋아. 흔하지 않고, 부를 때의 이 촉감 때문에 나도 네 이름은 잊을 수 없을 것 같아."

"우리는 서로를 잊으면 안 돼. 그럴 일도 없겠지."

"맞아. 혹시 우리가 헤어져도 나중에 이름을 듣거나 보면 엄청 흠칫하지 않을까? 너랑 내 주변에는 우리 이름이랑 똑같은 사람이 한 명도 없잖아."

"그렇게 되진 않을 거야. 내가 매일 네 이름을 부를 텐데 흠칫할 게 뭐가 있어."

그 이후 가끔 네 이름을 부르는 것 같아 길가를 뒤적이면, 네가 아니었다. 그렇지, 세상이 좁은 것 같아도 넓지, 네 이름이 아무리 흔하지 않아도 누군가는 너와 같은 이름을 하고 있겠지. 또 어느 이도 나와 같은 이름이겠지.

내 이름이 공기에 울리면 네 마음에는 내가 퍼질지 궁금해진다.

나는 이따금 사연 쌓인 너의 이름에
네 목소리가 적힌 내 이름에
감히 기대를 건다.

_ 모호한 경계

전부 없던 일로 했으면 하는, 그런 장면들 있니. 난 있는데.
있어, 분명.

그 사람이 나만이 아닌 모두에게 착하게 굴어서, 다정하게
대해서 '날 좋아하는 건 아니었구나.' 깨달았던 씁쓸한 장면,
'그래도 내가 너를 좋아하는 것 같은데.'라는 여지만 남기고
선뜻 제대로 된 고백은 멀리멀리 숨긴 안타까운 장면, 얕은
사랑이 그토록 끝없이 남겨질 줄 몰라 감정을 제대로 추스르
지 못했던 멍청한 장면.

그래, 그런 장면들을 너는 아니. 알아서 성숙해졌니, 아님

감정이 가난해졌니.

　나는 그저 하나는 제대로 할 수 있게 됐지.

　이러한 현상을 슬퍼하다 텅 비게 하는 일, 그건 잘하지.

　너를 잘 지나온 것 같아. 너의 모호한 경계마저 사랑했다.

안녕, 어제들.

사치감정 _

연애를 하지 않았던 이유
사랑을 확인했지만 완벽히 둘이 되지 못했던 이유

나는 우울이 득실대어
스스로도 챙기지 못하고 감당 못하는 멍청한 사람인데
상대방에게 피해를 끼칠 것 같아서,
그 사람이 내 모든 것을 알았을 때
기대한 사람이 아닌 것을 깨닫고 도망갈 것 같아서.

그래서
사랑이 내게는 벅찬 사치로 다가왔다.

_ 살아서 사라지는

대화들을, 단어들을, 그를,
끔찍하게도 아꼈는데 말이야.

아꼈던 것들은 시간이 늘 낭비시키더라.
내가 그렇게 아꼈는데 말이야.

누군가를 또 사랑해야 한다면
나는 그만하겠다

이미 젖은 마음으로
누군가에게 또 빠질 수 있을까

누군가를 또 잊어야 한다면
나는 그리하겠다

결국 존재의 그림자로
모든 것은 어둠이 질거니 하며
나도 여물어가겠다

그렇게 나는 없는 까닭으로
누군가를 잡고 살 수 있을까

미명

171

"사랑이 없어졌으면 좋겠어."

"너, 사랑이 인생에서 가장 중요하다며. 갑자기 왜 그런 소리를 해."

"사랑 때문에 이게 무슨 난리니. 사랑이 없으면 아주 삭막하고 거칠겠지. 그렇지만 조금은 평화롭지 않겠어? 그럼 난 누군가의 연락을 기다리지 않아도 되고, 별거 아닌 말에 의미를 부여하지 않아도 되고, 하루 종일 누군가의 잔상으로 가득 채우지 않아도 되고, 소리 없는 감정에 귀 기울이지 않아도 되고, 빠져드는 마음을 애써 부정하지 않아도 되잖아. 그렇잖아. 온갖 사랑이 다 사라졌으면 좋겠어. 마음대로 사라져도 괜찮아. 그냥 없어졌으면 좋겠어. 아름다운 만큼 상처도 얼마나 많은 감정인데, 그걸 이젠 내가 못하겠어. 그러니까, 사랑이 없어졌으면 좋겠어. 누군가가 사라지게."

나는 그렇게 사랑을 원했으면서 그것에 된통 당하고 나서야 정신을 차린 모양이다. 어쩌면 사랑이 아닌 사람에게 마음을 많이 두들겨 맞았던 것 같다. 사랑이든, 사람이든, 사라져 버렸으면 좋겠다고 투정을 부려도, 나는 다시 사랑을 하겠지. 사랑을 갈망하겠지.

언제나 이별에 능숙하진 못하지만
헤어진 이후에
한 사람 자체가
얼마나 더 깊게 성숙하는지는 알아.

나는 네가 서투른 이별에 마음껏 울었으면 해.
그리고 그 상처가 너에게 더 이상 머물지 않길 바라.

얼른 보내주고
얼른 다른 세상을 반겨주자.

이별 한 번, 잘 했다.
사랑 한 번, 잘 한 거니까

위로

외로웠어, 그래서 그랬어.

사랑을 하면서 외롭다는 느낌이 뭔지 몰랐어. 그런데 이제 확실히 알겠어.

억지로 사랑을 껴안고 있는 안쓰러운 나를 한 번쯤은 생각해봤니.

작은 너의 방에서 우린 몇 시간이나 한마디도 나누지 않은 채 시간을 보냈지. 배가 고플 쯤에 너는 뭘 먹고 싶은지 물어봤고, 밥을 같이 먹으면서도 너는 휴대폰을 보고, 나는 그런 너의 모습에 어떤 말을 꺼낼지 고민했어. 나는 우리 사이에 텅 빈 침묵만 가득한 게 너무 두려웠어. 거기서부터 나의 외로움은 시작된 거야.

SNS에 가득한 다른 연인들의 사진들을 보면 괜히 서러웠어. 기념일 선물로 사진집을 만들어주고 싶었는데, 우리가 그동안 찍었던 사진이 손에 꼽혀서, 내 사진과 풍경 사진을 겨우 집어넣어 만들었지. 여행도 가고, 전시회도 가고, 로맨스 영화도 같이 보는 연인들도 부러웠어. 나는 네가 있음에도 혼자 카메라를 들고 여행을 떠나고, 혼자 전시회를 보고, 혼자 영화관에서 로맨스 영화를 보며 엉엉 울어댔지. 내가 너무 아플 때, 넌 시험이 더 중요해서 내 곁에 없었지. 나는 그 아픔에 네가 없는 아픔이 얹혀 더욱 아팠지.

전적으로 난 혼자였어. 사람은 저마다 다르니까 이해하려고 노력했고, 내가 원하는 걸 네가 하지 않는다고 크게 다그치지 않았어.

나는 우리라는 단어를 서서히 포기했어. 나는 나, 너는 너, 그렇게 우린 연인이지만 각자 다른 기로에 들어서서, 각자 다른 방식으로 사랑을 말하는 것에 나는 외로웠던 거야.

네가 결핍되어,

계속 외로웠어.

마음을 더듬어줄 사람이 없다는 게

얼마나 외로운 건지, 너는 진정 알고 있을까.

_ 비밀

잘 보이는 것보다 잘 숨기는 게 더 중요해. 나중엔 그 비밀들이 모여서 그때 잠시 죽어도 좋았다고 말하며 살아나지 않겠니. 사람과 말로 멀어지는 것보단 사소한 감정에 멀어지는 게 훨씬 나은 것처럼.

유혹을 거두어요 _

허전한 핑계로 날 잡지는 말아요. 그게 더 내겐 가혹하니,
차라리 어떤 이유에서든 아쉽더라도 날 보내요. 내가 터무니
없이 당신을 보고 싶어하더라도, 익숙하게 날 받지는 마요.
나는 애써도 갖지 못한 마음을, 당신은 가만히 있으면서도
숭덩 받았으니까. 그러니까 당신에게 다가가는 날 멈춰줘요.

난 당신이 내게 한 모든 것들을 영영 해석하지 않으리라 마
음먹을 거예요.

_ 너의 파생물

　너에게서 파생된 모든 것을 넣어두기까지 꽤 오랜 힘이 필요했다. 시간도 시간이지만, 그 거대한 파생물을 하나하나 구겨 담기엔 정신적인 그리고 육체적인 힘이 더 소비됐다.

　여태 용서하지 못했던 것들도 마침내 정리했다.

　본격적인 이별의 첫걸음이었다.
　회복은 나중의 문제니까.

무미건조 _

이별에는 사랑을 고백할 때보다 더 강한 용기가 필요하다는 걸 깨닫고 목이 턱 막혔다. 불은 면으로 허기진 배를 채우면서 눈물이 났다. 이 불어 터진 면밖에 먹을 것이 없는 내가 안쓰러워서, 맛없는 당신을 들이키는 내가 가여워서, 수저를 놓았다.

버렸다. 남겨진 모든 것들을, 차곡하게 집어서 봉지에 넣었다.

함부로 이별하지 않았다. 하지만 이제는 미루었던 이별을, 당신에게 버려야겠다.

맛없는 이 사랑, 온통 버려야겠다.

_ 정적의 도시

떠나면 네가 해결될 줄 알았다.
하지만 더욱 깊어지는 기억들과 마주하며
나는 길거리에 주저앉아 눈물을 흘렸다.

직면할 수 없는 고난들이 나를 애타게 만들었고
극복하지 못한 영원들이 서글픈 신음을 냈다.

사랑을 해서 눈물이 흐른 것이 아니라
사랑을 절제할 수 없어서 눈물이 흐르는 것이라 말해두
고 싶다.

이별을 해서 떠나는 것이 아니라
이별을 인내할 수 없어서 떠나는 것이라 말해두고 싶다.

마치 모두의 환상 속에 살았던 사람이 너였던 것처럼
나는 너를 얼마나 꿈꿔 왔는가.
너와 내가 사랑을 했다는 것이 얼마나 향긋했는가.

너와 전혀 관련 없는 곳에 우두커니 서서
또 너를 이곳에 저장해두고 간다.

먼발치에 서서 길목 없는 거리에
발걸음을 내딛는
나를
어서 다시 잡아준다면.

너의 목소리를 한 번도 듣지 못해서 _

　사실, 나 공중전화에 기대를 한 적이 꽤나 많았어. 그 전화기의 번호는 내 것이 아니니까, 내가 늘 붙잡을 수 있는 것이 아니니까, 나조차도 모르는 번호니까, 혹시 네가 전화를 받진 않을까 기대를 잔뜩 했던 거야. 내 휴대폰으로는 쉽게 들을 수 없는 네 목소리라서 나는 공중전화 박스 안에 들어섰지. 무거운 수화기를 들고, 동전을 넣자마자 띠- 소리가 울리면 망설임 없이 널 눌렀어. 익숙한 노래가 울리고, 음성사서함으로 연결된다는 말을 듣고서야 수화기를 놓았지.

　그래, 넌 그렇게 어떤 식으로도 연결할 수 없었던, 깊이 고인 사람이었지.

그렇게 많이 걸었던 전화 중 한 통이라도 네가 받았다면, 나는 무슨 말을 뱉었을까.

"여보세요." 한마디로도 널 알아차릴 수 있었을지, "나야." 한마디로도 날 알아차릴 수 있었을지. 공중전화처럼 나는 늘 한결같이 내 자리를 우두커니 지켰는데, 너는 어찌 그리 정처 없이 사라져버렸는지 말야.

전화를 받았다면, 목소리 하나로 우리가 더 헛된 짐작을 그만할 수 있지 않았을까.

그러면 나는.

_ 내가 쓴 시나리오

"되게 부질없다."

"뭐가?"

"네게 쏟은 솔직한 감정과 비추었던 마음이. 결말 아는 영화를 보고 또 보는 느낌 알아? 바뀌지도 않고, 바꿀 수도 없는 영화를, 결말이 마음에 안 들어도 거기에 흠뻑 빠져서 보고 있는데, 다 부질없네."

영화를 본다. 뻔히 아는 결말을 갖고 있는 이 영화에 나는 기대를 한다. 바뀔 수도 있을 것 같은데, 바뀌면 안 되는 건가, 몇 번이나 다음 장면을 내 마음속에서 그려본다. 하지만 필름은 어떤 표정도 없이 감기고 있다. 그러니까 나는, 어쩔 수 없이 무능한 관객이 되어 장면 하나하나를 슬퍼한다.

영상의 끝에 다다랐을 때, 아쉬움이 그지없다. 차라리 책이었으면 마음에 드는 부분만 골라서 읽을 텐데, 혼자 관객석에 외로이 앉아 보는 영화라니 씁쓸하기 짝이 없다. 엔딩 크레딧을 보고도 쉬이 발이 떨어지지 않는다.

이미 다 아는 두 사람의 대화, 두 사람의 눈빛, 두 사람의 뒤섞임, 두 사람의 감정, 두 사람의 숨, 두 사람의 흐트러짐 그리고 한 사람의 욕심. 두 사람의 암묵적인 결별에 나는 고개를 끄덕일 수밖에 없다. 여자가 녹아내지 않은 감정으로 뱉은 대사가 나를 휘감는다.

'후회도 없고, 원망도 없고, 또 감동도 없어. 난 모든 게 이렇게 될 줄 알고 너와 함께한 거야. 그래도 좀 아쉽네. 반전 없는 사랑이라서.'

다른 이유 없고
보고 싶어서 왔다고
사실은 그걸 넘어선 마음을 주체 못해서 왔다고
말하면
너는.

네가 바로 앞에 있어도 달려가지 못했던 건

네가 바로 앞에 있어도 달려가지 못했던 건
네가 날 사랑하지 않아서,
내가 더는 불쌍해지기 싫어서.

_ 누구를 위한 대화

기억이 일렁일 리가 없다.
여태껏 내가 그 기억 꽉 잡아두었으니.
그런데 왜 그 기억이 밀려오는가.

'추억으로 담기엔 네 사랑이 너무 크고
기억으로 담기엔 아직 끝낼 사랑이 아냐.'
시간이 말했다.

'내 사랑이 크기에 추억으로 묻어두고
끝낼 사랑이 아니기에 기억으로 남기는 거야.

사람이 감당할 수 없는 사랑이 하나쯤은 있으니까.'

나는 말을 삼켰다.

_ Lost & Found

"그땐 나도 어렸고, 너도 어렸지. 지금도 어리지만 그땐 더 어렸잖아. 뭐든 할 수 있을 것만 같았고, 세상의 어둠에 덜 덮였을 때. 뭔가 다 영원할 것 같았잖아. 사랑이나 우정이나 건강이나 가족이나…… 뭐 그런 것들.

어설프지만 어리석진 않았어.
뜨거웠지만 섣부르진 않았어.
소유하려고 했지만 그러질 못했어."

모두가 그렇게 열렬히 쓸모없어졌다. 아니, 내가 쓸모없어졌다, 모두에게서.

"너로부터 영원까지 꿈꾸기가 가장 쉬운 행복이었다. 그땐. 지금, 그것은 어림없는 투정일 뿐이라는 거. 악을 써도 들리지 않는 꿈이라는 거, 그거야. 질긴 그 시간도 그만하자."

추억 없는 현재에 사는 것은 아니니 괜찮을 것이다.

_ 그리움도 사랑의 일부라고

그리움이 기승을 부립니다. 살아남는 몫은 부득이하게 그것이 되는 모양입니다. 누군가가 흘린 말 하나하나가 공연히 그리움에 끼어듭니다. 그것들이 가득한 소리가 밤새 북새통을 이룹니다. 그럼 나는 잠을 이루지 못하고, 나름의 이유로 한 사람을 지지 못하도록 붙들어 사랑하겠지요. 그 일에선 내가 많이 무심하지 않겠지요.

_ 대명사

이름 없이 사랑하고 싶은 날이었다. 나도 당신도 아무런 이름을 가지지 않고, 그래서 어떻게든 부를 수도 없어서 안달이 나는 엉성한 사랑을 맞이하고 싶었다.

나중에 다시 서로를 떠올렸을 때, 이름이 아닌 눈빛과 목소리, 맴돌던 숨소리, 스치던 손길만으로도 충분하길 바랐다.

우리라는 사람을 대신할 명사는 서로의 눈 속에 있으니 이름을 묻지도, 말하지도 않았다.

말을 아주 알뜰하게 아꼈다. 그를 보며 소비되는 마음을 절약하는 게, 참 굶주렸다.

_ 진짜 '나'를 찾기

진득한 연애를 많이 한 것은 아니지만, 이성을 만난 적은 많았다. 여러 사람들을 만나면서 그들은 다양하게 나를 생각했다.

매력 넘치는 여자, 금방 질리게 만드는 여자, 순진한 여자, 남자를 많이 다뤄본 것 같은 여자, 너무 퍼줘서 부담스러운 여자, 솔직함이 넘쳐서 때론 버거운 여자, 처음 생각한 것과 다르게 여리고 보듬어주고 싶은 여자, 질투 많은 여자, 예민한 여자, 연애에 서툰 여자, 잠시 만나기엔 좋은 여자. 외에도 나를 몇번 만나본 남자들은 다양하게 나를 '이런 여자'라고 생각했다.

이 모든 게 진정 나인지, 사람에 따라 나를 바라보는 시선이

달랐던 건지, 내가 사람에 따라서 다르게 행동했던 건지 아무 것도 알 수 없지만 나는 의아했다.

진심을 담았음에도 진심은 늘 다른 모양으로 사람에게 다가가는 것인가, 싶어 좌절했다. 내가 그 사람들을 다시 만났을 때도 '이런 여자'라는 틀에 박혀 나를 생각할지도 궁금했다.

사람은 늘 무언가로 가득 채워져 있는 것 같으면서도 텅 비어 있어서

짐작할 수 없고, '나'라는 존재는 더욱 공허해서 정의하기 힘들다.

우습게도 그들에게 남아 있는 '나'라는 여자는 그땐 맞았지만, 지금은 아닐 것이다.

혹은, 여전히 그럴 것이다.

너를 얼마나 사랑했는지 아무도 모른다는 것이 내내 나의
슬픈 사연.

_ 더 이상 사랑하지 않는 우리에게

우리를 머나먼 시간 속에서 볼 수 있는 순간을 맞이하게 되다니, 시간이 꽤나 잘 흐르는구나 싶어. 그 시간을 타고, 나는 마침내 네가 존재하던 머나먼 과거로 돌아왔어. 과거의 너는, 그때도 과거에 살았지. 한국보다 16시간이나 느린 시간에 살면서 나는 너의 과거를 돌아보고 너는 나의 미래를 살피며 우린 사랑을 했던 것 같아, 아니 그랬었어. 이제는 내가 과거의 시간에 머물러 있는 중이야.

어제는 무척이나 놀랐지. 왜냐하면 네가 매일 보내주던 이곳의 사진과 같은 장소에서 내가 하루 묵게 되었거든. 그곳을 기억하는 나에게도 살짝 놀라곤 했어. 나는 그 거리를 몇 번이나 왔다갔다 반복하며 네가 이 거리에 발을 내딛고 어느 거리

로 눈을 기웃거렸을지 상상도 해봤지. 여행을 위해 온 곳에서 나는 자꾸만 과거로 돌아가 우리를 여행하려고만 했어. 그래서 혼자 처음으로 다른 나라를 여행하는 내가 신이 나지 않고,

무작정 마음이 서걱거리고, 시간은 울렁거리고, 기억은 뚜렷해져서 내내 아팠어.

무언가 비워져야 할 자리가 자꾸만 사람 하나로 가득 채워지고, 무언가 사랑해야 할 시간에 자꾸만 사람 하나와 이별만 하고 있었으니까.

더 이상 사랑하지 않는 우리가, 우리가 사랑했던 이곳에서 다시 마주치면 어떨까. 나는 괜스레 사람들 틈을 기웃대고, 사람들 목소리에 귀를 놓고, 커져서는 안 될 기대감을 부풀리고 있었어. 나에게 번져가는 네가, 조금은 그리웠고 또 간절했던 거야.

하지만
더 이상 우리는 사랑을 하지 않지.
그것을 알기에 나는 이곳을 떠날 수 있겠어.

나에게 왼손은 어색하고 불편하다.
하지만 넌 왼손잡이라 오른손이
더 어색하고 낯설었다.
밥 먹을 때, 글씨 쓸 때,
부딪히는 팔꿈치에 넌 미안해하며
왼손을 사용하려 노력했다.
나는 그게 당연하다 생각했고
네가 맞춰준 일에 익숙했다.
처음으로 왼손을 쓰니 마디가 아프고
어깨에 잔뜩 힘이 들어간다.
서툴고 투박한 이 글씨처럼
내가 널 그리 대했지만
매순간은 이렇게 정성이었다.
손이 아파오니 네가 더 아파온다.

왼손잡이

207

_ 마감

진작부터 미련을 멈출걸.

캐나다에 가기로 마음먹은 것은 정말 잘한 일이었다. 아름다운 자연 때문도 아니고, 스치는 친절함 때문도 아니고, 새로운 인연들 때문도 아니다. 나를 다시 찾아왔다는 것이 이유라고 말할 수 있겠다.

사람에게 남는 미련이란 참 그런 것이다. 가끔씩 모든 것을 죄다 한 사람에게만 몰두하는 일, 그 일은 나를 위한 것도 그 사람을 위한 것도 누구를 위한 것도 아닌 것을 앎에도 불구하고 무언가를 붙잡고 자꾸만 지나간 시간들과 사람들을 지적

하는 일. 그래서 나 자신을 잠시 잃는 일.

　내가 늘 궁금해했던 곳에 가서 그 자리에 발을 내딛고, 그 사람의 시선으로 나를 바라보며 생각했다. '그만해도 될 것 같은데.' 진작부터 미련을 멈출걸, 그러면 내가 더 괜찮았을 텐데, 그렇지만 그러한 시간도 꽤 절절했으니 그때의 나도 괜찮았을 것 같아서, 다 괜찮아졌다.

대부분 사람의 감정적 통증은
잠을 자고 난 이후에
흐려지고 무뎌진다

그러나
그렇지 않은 것이 이별이다
이별은 잠에서 깨는 순간
더 진한 선명함을 이룬다

이별은
언제나 잔인한
생의 모함이다

적당한 이별은 옳다

적당한 이별

나의 외로움 곁엔 이루지 못했던 사람이 있다. 벌어진 기분 사이가 그 사람으로 가득할 때, 이 밤이 용감해진다. 그 어렵던 아픔들이 그로 인해 쉬워지고, 그 특별하던 기억들이 흔해진다.

애정에 굶주린 상태로 옆을 보면 그 사람과의 재회가 시작된다.

내가 말했잖아.

사랑은 사람 하나와
또 다른 너의 모습과
느낄 수 없었던 감정들을
감당하는 거라고.

그런데
이별은 겨우 감당했던 그 모든 것들을
처음처럼 감당하지 못하는 거라고.

그러니까
우리는 그 짓을 멍청하게 계속 반복하고
또 원한다는 게
찡하니까
그만하자고,

내가 말했잖아.

_ 허튼 기대

도시의 밤 속에서
어딘가에 네가 있지 않을까, 라는
막연한 기대도 말 것.

스쳐갈 너와 비슷한 누군가의 모습에도
다시 뒤돌아서 달려가
잠시만요, 라는
멍청한 행동도 말 것.

감상만 해서 미안합니다.

기억은 날 감시하겠지만.

_ 품

지나고 보니 바람이구나.

머물렀을 때는
사람이더니,
사랑이더니.

_ 덤

가끔 마음이 전부 쏠렸으면 싶다가
나중에 그걸 어떻게 쓸어 담을까.
그냥 그가 주웠으면 좋겠는데.

선잠에서도 그 마음이 불쑥 튀어나왔으면
그 마음이 그림자처럼 따라다녔으면 싶다가

그 퍼진 마음이
더는 아무것도 아니게 될 생각을 하니
그를 두드리지도 않을 것이다.

내가 겁에서 벗어났을 때
사랑은 진짜 줄 것이고
그동안 묵힌 마음은 덤이라고 하며
다 쏟을 것이다.

3장

날 아프게 한 대화,

날 살린 독백

_ 겨울 바다 같던 사람들

겨울 바다를 좋아하는 이유는 사람과 많이 닮아서이다. 오래도록 외롭지만 가끔은 함께이고, 적절히 차갑지만 그 이상으로 따스한 겨울 바다를 좋아한다. 한적한 모래 위에서 곧은 수평선을 바라보고 있노라면 날 스쳐갔던 이들을 하나씩 세워놓게 된다.

하나, 스무 살의 보지 않은 사랑이고
둘, 나에게 이렇게 아픈 생을 내어준 사람이고
셋, 예전에 술잔을 기울이던 우정들이고
넷, 어렴풋이 안녕을 나누던 사람들이겠다.

더 이상은 다가갈 수도 없고, 손을 내밀고 싶지도 않은 삶들을 하나씩 나열하고 나는 자리를 떠난다.

겨울 바다, 다시 본다면 진정한 바다의 속내를 조금은 알 수 있었으면 좋겠다.

_ 도시의 밤

해가 뜨는 곳에 살았을 때는 일출 시간과 해가 떠오를 때의 하늘을 신경 쓰곤 했다. 내 머리맡은 환했고 서쪽은 조금 어두웠다.

해가 지는 곳에 사니 요즘은 해가 빨리 지는 것 같다고 생각하는 날이 늘어났고, 지는 해의 배경은 일출과 사뭇 다름을 느낀다.

나는 얼마나 많은 날을 지는 해를 보며 이곳에 머물 수 있을까.

이렇게 위태한 나이에 도시에 와도 막연한 책임감이 생겨난다. 이곳에 온 이상 다시 돌아갈 순 없다, 라는 서글프고 맹렬한 생각이 밀려온다.

_ 우산이 없어도 됐던 날

내가 썼던, 쓰는 우산들은 거의 여행하며 샀던 것들이다. 무작정 순천으로 갔던 날 순천역 미니스톱에서 산 사천 원짜리 투명 우산, 이별했다고 어디든 가겠다며 떠난 동해 기차역 편의점에서 산 만삼천 원짜리 분홍색 우산, 일본에서 와르르 하늘이 무너지듯 했던 날 팔천 원에 산 노란색 우산 등.

우산이 없어도 괜찮았을 날이 아니라서 샀는데, 한 시간만 지나면 그치는 비였기에 아깝다는 생각이 많이 들었다.

순간의 낭만에 젖어들 생각보다는
순간의 폭풍우를 접고 싶다는 생각이 우선이었던 것이다.

여전히 그러해서
또 섣불리 우산을 사고 있지는 않을까
나를 타이르게 되는 날이다.

살아가는 데에 한 번쯤 푹 젖어도 되진 않을까
우산을 챙기지 않게 되는 날이다.

_ 내게 몰두하는 시간

학창시절부터 나는 어딘가에 '소속'되어야지만 안심했다. 그렇지 못하면 난 늘 불안했고, 외로웠고, 방황했다.

친한 친구들이 나를 빼고 놀거나 대화를 하거나 밥을 먹으면 절망했다. 그들이 나를 미워해서 어울리지 않는다고 생각했다. 그래서 난 어떻게든 그들과(혹은 다른 여러 무리들과) 공통점을 갖기 위해 유행하는 드라마, 패션, 연예인 등 그들이 흥미를 가질 모든 것에 관심을 가지면서 관계를 이어나가려고 했다. 성인이 되어서는 술자리에 무조건 참석하고, 다양한 이야기보따리를 가지고자 이런저런 책을 읽고, 여러 뮤지션의 음악을 듣고, 세상 돌아가는 소식도 자주 듣곤 했다.

주변에 사람들은 점점 많아졌고, 내가 '소속'된 모임도 많아졌으니 당연히 한 달 스케줄은 꽉꽉 찰 수밖에 없었다. 사람들을 알아나가는 것이 보람찼고 그럴수록 사람 욕심이 부풀어 더욱 사람을 원했다. 내가 빠진 모임은 있을 수 없다, 라는 건방진 생각까지 했다. 나로 인해 알게 된 사람들이 나를 빼고 모임을 가지면 섭섭함을 넘어서서 화가 나기도 했다. 나를 통해 알게 된 사람들끼리 나보다 더 관계가 깊으면 질투도 났고, 고맙다는 말 한마디 없다는 것에 서운하기도 했다. 한편으론 내 성격이나 어떤 부분에 문제가 있진 않을까, 라는 자책도 했다.

생각해보면 난 항상 애정과 관심에 결여되어 있었다. 그렇게 많은 사람들에게 사랑을 받으려고 발버둥 쳤지만, 뒤돌아서면 언제 내 곁에 누가 있었던가, 싶을 정도로 주위의 공기가 가난하게 느껴졌다. 불쑥 찾아오는 고독을 완벽히 지키지 못했고, 언제나 맴도는 외로움을 제대로 감당할 용기가 없었던 것이다.

내가 내 자신에게 절대적으로 '소속'되어 있지 못했는데 어디에 소속되어 결핍된 부분을 그들에게서 채우려 했는지, 이제야 나를 잘 메워야 하지 않을까, 라는 생각이 든다.

지금인 것 같다,
내가 나에게 몰두하며
나를 자주 행복하게 만드는 일을 해야만 하는 게.

혼자 마시는 술 _

혼자 마시는 술을 좋아한다. 남의 말에 장단 맞춰줄 필요가 없고, 실컷 취해도 그 추한 꼴 기억하는 이 없으며 내가 아닌 나도 용서가 될 때도 있으니 말이다. 그렇지만 가장 큰 이유는, 진정한 속내를 조용히 다질 수 있다는 것.

답답하고 힘들 때 누군가를 불러 술을 마시고 이야기를 나누면 재밌다. 그러다 내 힘든 일을 말하면 그 사람들에게는 아무것도 아닌 일이 되어버리거나 내가 덜컥 그들에게 짐을 얹어주게 되어버린다. 내 고독이 누군가에게 가볍거나 무거운 무언가가 되지 않길 바라는 마음에 스스로를 저울질한다.

하지 못한 말들이 내내 속에 쌓여 들끓었을 때 술의 힘을 빌려 손끝에 끌어올리곤 한다. 하고 싶은 말들이 무척이나 많다. 그래도 삼켜야만 할 상황에는 어김없이 술을 찾아야만 한다. 그리고 내내 묵혀둔 취기를 풀어낸다.

딱딱한 사람 하나보다는
녹녹한 술 한 잔이 더 나을 때가
분명 있다.

_ 더 강해지기

다시는 도망치지 않겠다고 다짐했다. 고난은 분명 있고, 이겨낼 힘도 분명 있다고 토닥였다.

스무 살, 그래도 세상이 얼마나 험악하고 사랑은 얼마나 순간적이며 이별은 얼마나 미어지는지 다 알고 있다 생각했다. 하지만 아무것도 제대로 알지 못했고, 내가 알던 것은 일부에 불과했다. 거대한 그 세상의 실체가 두려워서 무작정 도망을 쳤다. 혼자 세상에 놓인 것, 사랑을 하다 이별을 해서 혼자 덩그러니 팽개쳐진 것, 그로부터 오는 비통함을 무시하지 못했다.

그래서 할 수 있는 거라곤 도망을 하고 숨는 일밖에 없었다.

지금 내가 얼마나 단단해졌는지 모르겠지만, 그때만큼 무른 사람이라도 도망치지 않기로 다짐했다.

최소한의 극복을 마주하고 싶다.

모든 독백이 날 살리겠지, 부족한 풍족은 있어도 충분한 허기짐은 없다고.

꿈으로만 충만한 나의 시대는 저물었겠지, 현실과 이상의 틈이 자꾸만 벌어지고 나와 사람의 틈은 좀처럼 좁혀지지 않아서.

그러다 그렇게 그치겠지.

_ 오감불만족

가끔은 소리에만 의존하여 모든 기억을 더듬거릴 때가 있다.
오로지 청각에만 기대어 그때를 확인하는 일은
사람을 더 깊게 만들고 어렵게 만들기도 한다.
그래도 귀를 세우는 것은
시간을 새우는 것보다 덜 고요하니까.

그래서 덜 고독하니까.

인연을 소중히 여기되
집착하지 말 것

사람에 대한 갈증이 가장 목 메인다.

외할머니와 외할아버지는 글자를 읽지도 쓰지도 못하신다. 어렸을 때, 생신 선물로 편지를 써드렸는데 읽지 못하셔서 10명이 넘는 가족 앞에서 큰 소리로 편지를 읽었다.

'외할머니, 외손녀예요. 늘 건강하세요. 우리 엄마 낳아주셔서 감사합니다.'

그럼 외할머니는 박수를 치시며 말하는 것 좀 보라며 엉덩이를 토닥토닥 해주셨다.

나의 외할머니와 외할아버지는 매일 글자가 아닌 소리로

사람의 감정을 느끼고, 소리로 삶을 흠뻑 받아들이신다. 쉬운 '가나다'는 알아도 받침이 있는 글자나 긴 문장은 읽지도 이해하지도 못하시는 모습을 보며 마음이 아팠다. 시각이 아닌 청각에 의존하는 언어는 어떨까.

언어를 보며 이해하는 것보다 소리를 듣고 이해하고, 조금 곱씹다가 말하는 것도 꽤 괜찮은 집중일 것만 같다. 특히 짧은 글만 고집하고, 대화는 손가락으로만 하는 지금 이 시대에.

나의 어른들은 형편없지 않다. 그들의 귀 기울임에, 눈 먼 언어에, 현명을 느끼게 되는 오늘이다.

편지 아닌 전화로 안부를 전해야겠다, 곧.

_ 엄마

미안합니다. 나 살아가는 것도 친절하지 못해서 당신에겐 더욱 두텁지 못했네요. 해가 지나는 것에 벌써 아무런 느낌이 들지 않아요. 당신에겐 혼자 해를 넘기는 것이 서글픔으로 쌓였을지도 모르겠어요. 우리는 이렇게 따로 삶을 바라보네요. 탯줄을 끊어내고 내가 가장 시끄러웠을 때부터 우린 완벽히 분리되었던 걸까요. 절로 우리 사이에 다른 세상이 담기고, 그렇게 살아가네요.

미안합니다. 충분한 안부를 보내지 못해서, 누구든 살아야 하니까.

빨간 두 줄이 그어졌을 때가 겨우 스물하나라고 했다. 나는 어린 여자의 영양분을 죄다 흡수하고, 하나의 여자가 됐다. 어린 여자는 나에게서 가장 큰 여자였고, 애착의 끝이었다. 그런 여자가 날 떠난다고 했을 때, 잡지 않았다. 더 나은, 아니 누리지 못했던 삶을 살기 위해 떠나는 것을 응원했다.

떠났으니 더 잘 살라고 했다. 이제 당신에게 붙었던 모든 이름은 떨치고, 당신을 위한 여자의 삶을 살라고 했다.

그게 내가 당신에게 지켜야 할 유일한 도리였다.

_ 엄마도 너처럼 가장 고왔던 시절이 있었다

나의 하나뿐인 딸,

너도 벌써 스물 하고도 두 살을 더 먹은 나이가 되었구나.

이 엄마가 너를 낳았던 나이기도 하구나.

네가 내 뱃속에 자리 잡았다는 사실이 얼마나 놀랍고도 두려웠는지 너는 모를 거다. 사랑하는 사람의 아이를 가졌다는 것은 매우 큰 행복이기도 하지만, 이 엄마는 그때 너무 어렸어. 꿈도 많았지, 청춘이었지. 알잖니, 너도.

엄마도 너처럼 주름 하나 없이 곧고 보드라운 손을 가지고 있었단다.

엄마도 너처럼 화장을 하지 않아도 뽀얗고 하얀 얼굴을 가지고 있었단다.

엄마도 너처럼 딱딱한 것도, 아주 차가운 것도 견디는 치아를 가지고 있었단다.

엄마도 너처럼 살랑거리는 옷들을 입을 수 있는 보기 좋은 몸을 가지고 있었단다.

엄마도 너처럼 별일 아닌 것에도 눈물을 흘리고 웃을 수 있는 소녀감성을 가지고 있었단다.

엄마도 너처럼 가고 싶은 곳도, 하고 싶은 것도, 먹고 싶은 것도 많은,

내리는 눈송이에도 행복해할 줄 아는, 그런 평범한 청춘이었단다.

너를 낳고 네 동생들을 낳은 후, 정신을 차려보니 나의 이십대는 스치지도 않고 사라졌더구나.

밤낮 찬물로 설거지에 빨래에, 온갖 집안일을 하다 보니 손에 껍질이 벗겨지고 피가 났어.

네 어렸을 적 칭얼대던 수많은 새벽에, 돈벌이에, 내 얼굴은 금세 까칠해졌어.

너를 포함해 아이를 네 명이나 낳으니, 너희에게 내 칼슘을 다 전해줘서 이가 흔들렸지.

매일 몇 시간이나 서서 일을 하고 너희를 돌보니 다리가 퉁퉁, 온 몸이 부었었다.

어린 나이에 사남매의 엄마로 살기엔 너무 벅찬 세상에 적응하려니 어쩔 수 없이 강해졌어.

그렇게 엄마는 너와 네 동생들을 위해서 내 이십대를 눈물 섞인 행복으로 보냈단다.

첫째인 네가, 여자라서 더 엄마는 애틋했다.

쓸데없이 여린 마음은 이 못난 엄마를 닮아

어렸을 때부터 눈물을 툭툭 잘 흘렸던 내 딸.

네가 세상에 스며들 시기부터 이 엄마는 뒤늦은 방황을 시작했다.

미안하구나,

내 평생 방황 한 번 안 했던 내 삶이, 이제야 흔들리기 시작한다.

엄마도 너처럼 가장 고왔던 시절이 있었단다.

그 시절로 잠시나마 돌아가기 위한 방황을 시작한다.

부디, 그 흔들림이 너무 크지 않기를 기도해다오.

_ 뒤돌아서

　나이가 무거워질수록 내가 닮기 싫어했던 부모의 모습이
내게 고스란히 담겨 있는 것을 발견하곤 한다.

　집안일을 할 때 가사를 마음대로 바꾸어 부르던, 하루에 방
바닥과 물건들을 몇 번이나 닦던, 한 번 말을 시작하면 끝없이
조잘대던, 꾸미는 것을 사치라고 생각하던 엄마의 모습. 감당
안 되게 술을 진탕 먹던, 일 때문에 일찍 나가고 늦게 들어오
던, 가족보다 친한 친구나 지인들의 약속이 우선이던, 밥을 5
분만에 다 먹던, 쉬는 날엔 늘 잠만 자던 아빠의 모습.

　내가 머리가 굵어지면 절대 그러지 않겠다고 다짐했던 모습

들이 서서히 내게 배고 있다. 어디선가 봤던 행동에 뭘까, 싶다가 그들의 모습이 아른거리면 아차, 싶다가 이제 내가 드디어 어른이 되는 것을 인정하면 그래서 그랬구나, 싶다.

절대로 당신들과 같은 사람은 되지 않겠다고, 굳게 마음먹었던 십대의 나는 사라졌다. 당신들도 그렇게 되고 싶지 않았을 테지만, 그럴 수밖에 없었겠지. 짠하다, 짠해.

당신들을 헤아릴 여지를 주지 않았던 스스로를 반성하게 된다, 이제야.

아빠가 배웅을 하며 말했다.

"얼굴이 까칠하네. 밥 잘 챙겨 먹고, 아프지 마라."

별거 아닌 말에 새삼 눈물이 웅얼댔다. 어색하게 아빠의 품에 달려가 한바탕 울음을 토하고 싶었지만, 도착하면 연락한다는 말만 내뱉고 황급히 버스에 몸을 실었다. 차가운 좌석에 쓰러져 눈을 굳게 감았다. 도시로 향하는 시간이 그렇게 잔인했다.

늘 관계도, 사랑도, 이별도, 일도 잘하려고만 했던 나의 넘치는 욕심이 창가를 스쳐갔다. 불안함과 우울함과 매일 밥을 먹고 살면서 행복하려고만 했던 나의 모순된 모습이 곧이어 도착했다.

아빠의 뒤를 이어 황홀하지만은 않게,
어느덧 나는 일종의 나약한 어른이 되었다.

투정도 핑계도 허락할 수 없는 딱딱한 세상 속에서
나는 아빠의 아프지 말라는 안부 하나로
다시 내일을 건강히 살아가야만 한다.

_ 반복된 삶이라니

당신의 젊음을 잠시만 빌리려 했는데, 영원히 내가 가질 줄은 몰랐습니다. 대가 없이 당신의 청춘을 받아먹고 나는 또 다른 청춘으로 자랐습니다. 어린 피를 거저 받아 이렇게 흥청망청 소진합니다. 진득했던 다짐들이 얼마나 쉽게 부서지던 지요. 행복은 얼마나 짧게 머물던지요. 짧은 세월 동안 변덕지게 바뀌는 내 모습은 또 얼마나 지치던지요. 감정들은 또 얼마나 예측할 수 없이 끼어들던지요. 나의 어린 시절이 이렇게 소란스럽습니다. 복잡한 삶을 빌려준 것이 맞지요. 아니면, 그대로 가져서 겪어야만 하는 절차이지요.

이따금씩 당신을 원망에 찬 마음으로 생각했습니다. 특히

나 살아가는 것이 먹먹하고 울지 않으면 풀리지 않는 응어리로 가득할 때, 더 미웠습니다. 삶의 지침서를 주지 않고 떠난 것이 한스러웠습니다. 그러다 당신이 한없이 딱하다가, 애처롭다가, 불행해서, 모든 것을 수긍했지요.

나는 또 당신이 준 이 청춘에서 어떤 힘으로 사람이 되어가다 누군가에게 나의 앳된 피를 그냥 물려주겠지요.

_ 가장의 무게

"엄마랑 아빠 중에 누가 더 좋아?"

"음…… 어…… 아빠요."

"왜? 친구들은 다 엄마가 더 좋다고 하는데. 아빠가 더 잘
해주나 보구나!"

"다 엄마만 좋아하면 아빠는 누가 좋아해요. 불쌍하잖아요."

어린 시선으로 본 아빠는 불쌍했다. 아무도 좋아해주지 않았
다. 그렇게 보였다. 엄마가 동생들을 데리고 집을 나가도 나는
눈물을 흘리며 아빠 곁에 남아서 국수를 꾸역꾸역 삼켰다. 아
빠는 늘 내게 연민의 대상이었다. 술 취한 아빠가 싫어도 옆자
리를 지켰고, 화내는 아빠가 무서워도 울면서 가만히 있었다.

영글어버린 시선으로 본 아빠 역시, 불쌍하다. 사실, 불쌍한 게 아니라 존경스럽다. 삶의 밑바닥을 쿵 찍고서는 다시 그 험한 공간을 기어오르다니. 무너져도 아빠 혼자 무너졌다. 아빠가 짊어진 사람들은 멀쩡히 놓은 채, 혼자만 고단함을 온몸에 휘감고 다녔다.

그래서 나는 아빠를 떠날 수 없다.

아빠의 마지막 꿈은 나라서, 내가 모든 걸 놓지 못하게 하는 유일한 끈이라서, 그래서 나는 아빠를 지나칠 수 없다.

아니, 그저 아빠라는 이유로, 나는.

_ 술 한잔 하자

자정으로 달려가는 시간에 전화벨이 울렸다. 아빠. 분명 이 시간에는 술에 취해 있을 텐데 말이지. 받아야 해, 말아야 해. 물끄러미 전화기를 바라보다, 받았다.

"아빠, 왜."
"어, 아빠랑 술 한잔 하자."
"이미 취했구만 무슨 술을 또 한잔 하자는 거야. 들어와 빨리!"
"어~"

아빠랑 술 한잔 정도야, 마시고 싶었지만 술이라는 게 한 잔으로 끝날 넘김이 아니기에 유혹을 거두었다. 술을 마시고 싶다기보다는 아빠랑 대화를 나누고 싶었다. 우리 부녀는 실상 참 딱딱한 관계다. 마주앉아 밥을 먹으면 반찬 집는 젓가락 소리와 음식을 씹는 소리만 우리 곁을 맴돌았으니까. 허나, 술을 마시면 여고생처럼 쉴 틈 없이 재잘댄다. 오랜만에 아빠랑 재잘거림을 나누고 싶었다. 아마 아빠도 나와 같은 마음에 술에게 용기를 얻어 내게 전화를 걸었을 텐데. 그리고 술 한잔 하자고 말했을 텐데. 미안함과 아쉬움이 섞인 눈길이 자꾸 전화기를 바라본다.

요 며칠, 아빠는 내내 술에 찌들어 집에 와서는 잠만 자고 정신도 못 차린 채 출근하기 일쑤였다. 분명 무슨 일이 있음을 난 알고 있다. 말이라도 못하면 문자라도 보내면 되는 것을, 무뚝뚝한 나는 손가락 하나, 입술 하나 움직이지 못했다.

집에 들어온 아빠는 비틀비틀 벽에 부딪히다가 밥상 앞에 앉아 있었다. 아빠, 그의 늙음이 축 늘어진 뒷모습에서 느껴진다. 술에 취한 맥없는 목소리에서도 세월이 흐른다. 아빠는 소중한 사람을 잃어 이리 비틀, 저리 비틀대는 하루들을 겨우 버티고 있으리라. 늙음에도 불구하고 변함이 없는 것은 무언가를 잃었을 때의 삭막함이다. 아빠는 그 삭막한 요즘을 매일

같이 술에 취해 의지하고 있으리라. 진실로 기대고 싶은 곳은 사람이었을 텐데. 오늘은 그 사람이 내가 아니었을까 싶다.

아빠는 밥상 앞에서 중얼대며 하소연을 늘어놓았다. 맞은편에 앉아 그의 서글픔을 안아주고 싶지만, 나는 자신이 없다. 눈물 한 방울 흘리지 않고, 독하게 그를 감싸줄 용기가 나질 않는다. 그의 앙상해진 등짝만 보아도 눈물샘이 터져버린다. 그 가냘픈 슬픔까지 함께 보려니 눈과 코끝이 먹먹해진다.

곧 아빠의 혼잣말은 멈췄고 방으로 들어가더니 잠잠해졌다. 방문을 살짝 열어보니 맨바닥에서 새우잠을 자고 있었다. 이불과 베개를 꺼내어 덮어주고 베어주었다. 그의 잔잔한 얼굴을 바라보며 문을 닫고 한참을 서 있었다. 술 한잔, 하고 싶다. 지금 아빠와 술 한잔 하면 함께 울 것만도 같은데, 함께 다 독여줄 수 있을 것도 같은데.

곧, 내가 먼저 말해야겠다.
아빠, 술 한잔 하자.

_ 아빠의 꿈

아빠라고 꿈이 없었겠어. 아빤, 수학 잘해서 사범대 수학교육과에 합격도 했었어. 수학 선생님이 되고 싶었는데 집에 돈이 없어서 그 학교에 못 갔지. 그래서 집 앞 학교 다니다 저기 태백 알지? 태백 탄광에서 일하다가 네 삼촌이 무작정 공무원 원서를 넣어버렸어. 그냥 시험 봤는데 공무원이 된 거지. 나라고 공무원이 되고 싶었겠어. 물론 지금 가장 안정적이고 젊은 친구들이 되고 싶어 하는 게 공무원인 건 알지. 그땐 공무원이 이렇게까지 인기 있을 줄 몰랐다. 세상 살기 하도 힘드니까 젊은 애들이 고생이다만.

그런데 말이다. 아빠가 자식 넷 있지만 너는 하고 싶다는 거다 시켜줬잖아. 돈이 없어서 못 먹고 하고 싶은 거 못하게 하진 않았다. 중학교 때부터 아르바이트 하는 너한테도 돈 신경 쓰지 말고 공부만 하라고 한 것도 그런 이유야. 승무원 학원도 보내줘, 음대 준비하느라 피아노 레슨도 해, 피아노도 사줬지, 엠피쓰리에, 영어 공부 한다고 해서 전자사전도 사주고, 먼 대학교 간다길래 자취방도 구해줬지. 투자를 했다곤 생각 안 한다.

네 방황에 아빠가 조금 더 단단한 길을 만들었던 거지, 그 이상도 이하도 아니다. 네가 지금 좋아하는 일 하고 살면 된 거야. 그럼 됐다. 꿈, 그거 아빠도 네 나이 때 많이 품고 억눌렀지만 그만큼 중요했지. 아빤 이미 다 지나간 사람이지만, 너는 아니니까.

이제는 아빠의 꿈이 너 잘 사는 거, 그거다.
나는 딸 믿는다.

"내 딸은 똑똑해서 뭐든 잘하니까"

그리고
나를 다시 움켜쥐게 하는 한 마디,
내가 어쩌네도 이 새벽을 써야하는,
가득 찬 눈물 속 삶을 지탱하는 이유.

전화기 너머
그리움 안은
어미의 울먹임 때문이었다.

내가 살아가는 이유

오랜만에 연락이 온 너는 요즘 삶이 너무 퍽퍽하다고 했지. 얼마 전 이별을 했고, 두 달 정도 일을 쉬고 있으며 아무것도 하지 않는다고, 그래서 삶이 참 고달프다 했어.

참 우리답게 잘 살고 있네. 잘하고 있네.

예쁘고 마음 다정한 너란 사람과 이별한 그 사람이 측은해 지고, 쉬면서 무언가를 깨닫고 절실히 느끼고 있을 너에게 안 도감을 느껴.

이별, 잘했다. 휴식, 더 해라. 술, 진하게 마셔. 고뇌, 지겹게 하고, 외로움은 적당히 느꼈으면 해.

나보다 훨씬 큰 네가 나만큼 마음이 여려서 어떡하니. 그래도 지금 이 과정을 겪으면서 우리, 여러 얼룩을 만드는 거 아니겠니. 우리가 젊은 날 쏟아낸 모든 얼룩이 모여서 하나의 아름다움이 되지 않을까.

네가 아파할 모든 순간을 과감하게 받아들이길 바랄게. 그러면 나중에 조심스럽게 새로운 사람도, 사랑도 오지 않을까.

그래, 내 평범한 위로가 오늘 밤엔 특별해지길 바라는 마음이야. 곧 만나서 거하게 술 마시자.

네가 아파한 이 새벽도 모두 다 너의 배경이 될 거야.

_ 스물넷의 이별

"나 헤어졌어."

"그래? 잘했네."

"왜 헤어졌냐고 안 물어봐?"

"헤어지는 데 이유가 얼마나 많은데, 아니 어쩌면 거기서 거기겠지. 칙칙한 이별 스토리 들어서 뭐해. 성격 차이거나 사랑이 다했다거나 바람 났거나 어딜 떠나거나 장거리가 힘들거나 그거겠지. 잘했어, 이유가 뭐가 됐든."

"난 잘했는지 모르겠다. 벌써 이렇게 허하고 불안해. 후련한 것보다 앞으로가 걱정이야. 그 사람 없는 시간들을 내가 잘 견딜까?"

"이별은 몇 번이나 해도 그래. 다음에 만나는 사람이랑 헤어저도 지금이랑 똑같아. 나는 원치 않은 이별을 했잖아. 너도 알지? 사랑이 뭐라고, 목숨까지 다 내놓고 그렇게 내 청춘을 퍼냈는지 말이야. 매일매일 사는 게 진짜 지옥이더라. 진짜 죽음이 사는 것보다 더 수월할 거라고 생각했으니까. 그래도 나 악착같이 살았어. 왜냐고? 어떻게든 살아야 날 이렇게 만든 놈 다시 볼 수 있잖아. 뭘 하고 사는지, 어디서 사는지, 이 세상에서 살아 있으면 그 정도는 알 수 있지 않을까? 그리고 운이 좋다면 마주칠 수도 있지 않을까? 괜히 허튼 생각으로 진짜 절절하게 살았지. 그래서 후회가 없는 것 같아. 어쩌면 그 사람한테 감사해야 할지도 모를 일이야. 지금 이렇게 살아서 너랑 술 마시고 있잖아. 하하.”

“그렇겠지? 나도 또 시간이 지나면 무뎌지고 또 새로운 사랑도 받아들이겠지? 아, 그래. 뭐든 당장이 힘들지. 아, 연애 너무 어렵다. 그냥 혼자 살까봐.”

“웃기시네. 사랑이 또 오면 무시 못해. 너. 혼자가 된 걸 축하하며 짠!”

스물넷이 되어도 우리는 여전히 이별을 하고 사랑을 한다. 사람을 보내고, 사람을 맞이한다. 나이가 어찌되었든 그건 반복될 선택사항이랄까, 필수랄까. 이별엔 익숙하지만 여전히 아픈 것도, 견디기 힘든 것도 똑같다.

다만 조금 달라진 건 이 여운 깊은 사랑도 여운이 가시기 마련이고, 운명 같던 사람보다 필연 같은 사람이 또다시 온다는 것을 알게 되었다는 것이다. 그래서 이제 이별에게서 뒷걸음치지 않을 수가 있겠다. 제대로 아파하고, 다음 사랑을 제대로 맞이할 수가 있겠다.

무언가가 가득한 것 같은데 정작 나는 무언가도 될 수 없을 때, 그런 황량함을 아니.

희망이라는 정체를 조금씩 두려워하고 꾸역꾸역 아침을 맞이하는 게, 청춘이란다.

_ 느린 시간

오랜만에 고향에 가니 못 보던 기계가 아빠 책상에 떡하니 놓여 있었다. LP판과 턴테이블이었다. 할머니 집엔 LP판이 가득이라 아빤 매일 추억을 귓가에서 느낄 수 있겠다.

나도 아빠를 닮아서인지 옛것이 좋다. 오래된 것이 좋다. 휴대폰으로 메모하는 것보다는 수첩으로 글씨를 휘갈기며 쓰는 것, 손으로 펜을 잡고 매일 일기를 쓰는 것. e-book보다는 종이 냄새 한가득한 종이책, 기계음보다 통기타음, 자동차를 타는 것보다 걸어 다니며 구석구석 걷는 것, 디지털 카메라보다 노이즈 가득한 사진이 나오는 필름 카메라. 과일소주보다는 그냥 소주가 낫고, 앞만 보는 사람보다는 뒤를 돌아보며 가는 사람을 좋아한다.

늘 느리게 가고 싶은 사람이다, 나는.

_ 사람으로 남기

"나는 지금 남자친구랑 결혼을 할지 안 할지 몰라. 난 늘
이 사람이랑도 언젠가는 헤어질 수 있겠다, 라는 약한 생각
을 하고 있어. 연인이 아닌 내 모든 사람들과도 훗날의 헤어
짐을 기약해."

나는 무미건조하게 그를 바라보며 말했다.

"마음 아프다."

그는 나를 불쌍하고, 참으로 안타깝게 바라봤다.

"난 괜찮아. 누군가와 헤어지는 게 너무 익숙해서 그렇게 생
각해야만 나는 어떤 이들과 관계를 가질 수 있어. 그리고 중요

한 건, 내가 상처 받지 않아. 그러니까 괜찮아."

그렇게 웃으며 말해도 그는 나를 슬프게 쳐다보았다.

'실은, 말은 이렇게 해도 다들 떠나지 않길 바라고 있어. 나에 대한 방어가 너무 강해지면, 나중에 사람들을 가식으로 대할 것 같아서 걱정돼. 또 조금은 두렵기도 하지. 나중에 나 혼자 덩그러니 놓여있을 것 같아서. 너도 오래 내 곁에 머물렀으면 좋겠는데, 다른 이들처럼 멀어지려나.'
어쩌면, 그에게 '나는 계속 네 곁에 있을게.'라는 바보 같은 희망을 듣고 싶었던 것일지도 모른다.

사람에게 사람으로 남는다는 것은, 잘 절여진 시간이 덩어리째 사람 앞에 툭 던져진 느낌일까.

_ 안부

너도 나와 같은 밤을 느끼고 있는지
같은 바람에 머물고 있는지
사소한 공기에게 괜히 안부를 묻게 된다.

네게 넘치는 아름다움만 가져다주라고
살아갈 수 있는 아픔만 가져다주라고
계속 부탁을 하게 된다.
연약해지지 마라.
새벽 공기에 네 소식을 전해들을 테니.
그 무거운 마음
먹먹함으로 스미지 마라.

_ 월경

피가 흐르는 것은
무언가가 잘못 되었다는 신호.

그렇지만 나는
피를 기다린다.
피를 기다린다.

그래야만 나는
혼자임을 안도하며
미완성된 여자로
울 수 있기 때문이다.

솔직히 말해서
솔직할 수가 없다.
그 수많은 고통을
어찌
솔직하게 말할 수 있겠는가.

진실

_ 기일

죽은 이를 위해 미역국을 먹을 것이다. 내내 가슴에 박힌 멍울 하나 풀기 위해 미역국을 푹 끓여 그것에 밥을 말아 먹을 것이다. 탄생보다 죽음이었던 이를 위해 비극을 그렇게 축하할 것이다. 이별을 정제하지 못해 떠도는 사람을 생각하며 한 숟가락, 두 숟가락, 그릇을 벅벅 긁어 아픔도 벅벅 긁어 삼킬 것이다.

무엇 하나 먹은 것 없는 이를 위해 내가 대신 잘 먹을 것이다. 건강해지고, 아름다운 것을 보고, 더욱 삶을 열망하고, 소중한 것을 잃지 않으려 보듬으며 하루하루 간절하게 대신 살 것이다. 더할 나위 없이 귀한 이를 품고선 함께 짐작할 수 없는 세월을 달릴 것이다.

가끔, 너를 위로하기 위해 바다에 머물 것이다,
밤을 슬퍼할 것이다,
자주, 너를 기억할 것이다,
사랑할 것이다.

_ 삭막한 꿈

바다가 없다. 산도 드물고 신선함도 적다. 한적하고 여유로운 공기는 소멸됐다. 차도와 인도는 급한 생명체들의 전쟁터다. 빠르게, 완벽하게, 높게, 더 빠르게, 더 완벽하게, 더 높게. 이러한 수식어가 사람들과 공간 사이에 빈틈없이 떠다닌다.

일말의 외로움은 소음 속에 파묻힌다. 외로움은 독이니 덮어둬야 한다.

과잉된 두려움은 걸음을 뗄 때마다 버려진다. 두려움은 내 삶의 주도권을 잃는 길이니 없애야 한다.

도시 속에서 나는 묵직하게 어떠한 약속을 짊어지고 살아
가야만 한다.

나를 억누르는 것들은 벗어던지고,
조금 약하게
많이 단단하게
자알.

난 자신이 없는 거지.
언제나 따뜻한 사람이 되는 것에.
언제든 차가울 수도 있는 거고
더 뜨거운 사람이 될 수도 있는 건데.

적절한 온도를 유지하는 사람이
과연 몇이나 된다고.

번외의 외로움 _

사랑을 하고 있음에도 외로움이 가득 차는 시간들을 겪는다.
곁에 가족, 친구, 연인이 있어도
곁에 있음으로 채울 수 없는 외로움.

번외의 외로움.

그것을 나는 조금 격하게 사랑한다.
외로움에 주려서 그것을 갈망하기까지 하니까.

외로움을 사랑하는 자는 드물다.
사람은 언제나 행복을 원하고 기쁨을 욕망하기에
누군가와 함께하며 사랑을 이룬다.

누군가가 대신할 수 없는 외로움은 분명 있다.
사랑하는 연인의 따스한 손을 맞잡고 있을 때도
오랜 친구와 시끄럽게 수다를 떨며 웃고 있을 때도
든든한 가족과 마주앉아 밥을 먹고 있을 때도
외로움은 진행형이다.

외롭다고 해서
내 사람들이 나를 사랑하지 않는 것이 아니고
내가 그 사람들을 사랑하지 않는 것도 아니다.
외로움의 공간을 채울 수 있는 건 오로지 자신이다.

외로움에서부터 오는 고독이야말로
누군가를 더욱 집요하게 사랑할 수 있도록 만들지 않는가.

고독 뒤의 외로움이야말로
내 자신을 더욱 고집스럽게 바라볼 수 있도록 만들지 않
는가.

모든 사랑은 외로움에서 시작되고
모든 자존감은 외로움이 세워나가는 것이 아니겠는가.

끝내 사람은 외로움에 취해서
삶의 열망을 쌓고 있는 것이 아니겠는가.

누구의 탓도 아닌 외로움에
이 새벽을
또 혼자 눈물로 적시지 마라.

외로움은 지금 사랑을 하고 있다는 증거이니까,
사랑을 했다는 증거이니까.

_ 감정 소비

"넌 감정이 너무 헤퍼."

"헤픈 게 아니라 솔직한 거야."

군이 내가 나를 설명하지 않아도 왜 그렇게 말하고 행동하는지 아는 사람이 있잖아.

그 사람이면 충분하지 않겠니. 그런 건 욕심 안 부려도 돼.

내가 생각하는 어른의 모습은
새 구두에 네 번째 발가락과 뒤꿈치가
다 까지고 물집이 잡혀도 밴드를 붙이고
다시 또 구두를 신고 아무렇지 않게 걷는 것,
그것이었다.

상처 입어도 억지로 그 아픔에 적응시키는 것,
그것이 내겐 성장하는 하나의 일이었다.

구름이 겹겹이 파도를 이루고, 그것은 금세 무너져 내릴 것
만 같았다. 하늘 속 파도의 결들로 밝은 눈이 부셨고, 음침한
보랏빛으로 세계는 적막했다. 나는 적막 속에 갇힌 성인이었
다. 영원히 이 안에 갇히고 싶다는 생각을 하며, 꽤 걸었다.

내가 다녔던 초등학교 벤치에 앉아 주변을 두리번거렸다.
딱딱한 흙 운동장은 인조 잔디로, 페인트가 까졌던 철봉들은
빛나는 새 것으로, 모래로 둘러싸였던 놀이터는 어떠한 블록
으로 바뀌어 있었다. 딱딱하고 낡고 자잘했던 과거의 그것들
이 많이 아쉬웠다. 보기 좋고 깔끔한 생활을 하기 위해 지난
것들을 많이도 덮어씌웠다. 나도 그랬을까, 생각이 들었다.

나도 어른이라는 깊이감에 푹 가라앉아 이것저것 많이 덮어씌워진 것 같다. 어질했던 과거가 반감의 함성을 내지르며 나를 구석으로 몰아간다.

"너도 똑같아, 흩어진 지난 모든 것들 위에 가식적인 것들을 한껏 올려두었잖아. 너도 분명 어렸을 때는 모래 운동장을 가로지르며 달려도 봤고, 까진 페인트 조각을 손바닥에 묻히며 철봉 위에 올랐었고, 발이 움푹 파이는 놀이터에서 멀리뛰기도 했었을 텐데.

너에게도 그 낡고 오래된 것들이 가장 새 것이어서 열심히 어루만졌을 적이 분명히 있었을 텐데."

하늘의 파도는 결국 무너져 물방울로 바닥을 수놓고, 나는 어린 시절의 입구를 찾아 발자국으로 시간을 수놓는다.

찾을 수 없었고, 찾을 수 없다. 진정 오래된 것의 본래 모습을 그 누구에게도 기대할 수 없겠다.

오래된 삶 _

오래되고 낡은 것들이 좋아진다.
헌 집과 수십 년간 머무른 골목길
혹은 기름 난로와 그 위 누런 주전자.

사고 싶어도 살 수 없는
세월이 누빈 자리가 곱다.
고운 자리 끌어당겨 내 안에 담고 싶다.
오래된 것은 이제 도망갈 힘도 없으니
내 곁에서 줄곧 다른 세월을 피우겠지.

나도 더 오래되고 낡아지면

누군가가 좋아하고 담고 싶어 할
사람이 되려나.

그렇다면 당장이라도 나,
오래된 무언가가 되고 싶다.

이를테면
당신의 오래된 삶으로 남고 싶다.

순수한 너에게 _

나는 너희들 나이 때, 순수하지 못했고 욕심은 많았고 나를 아는 사람들이 없는 곳으로 도망치고 싶었지. 겪을 필요가 없었던 일들을 모조리 안고 나서 강해지다가 약해지고, 나빠지다 착해지고, 굳어지다 물렁해지는,

결국엔 곧잘 부러지는 나약한 하나의 생명이 되었지.

나는 악착같이 살아가는 것엔 자신이 없었어. 그래서 악착같이 죽어가기로 결심했었지. 그러면 마지못해 마음이 튼튼한 사람이 되지 않겠나 싶었어. 여전히 그런 생각을 갖고 있고.

다시 교복을 입고 너희 나이로 돌아간다면, 나는 가장 순수하게 살고 싶어. 유행하는 머리나 화장법, 스타일은 무엇이며 가장 멋있는 남자 연예인은 누구이고, 이 지역에서는 어떤 사람의 눈치를 봐야 하며 어떤 걸 해야지 친구들과 얘기가 통하고 그들이 날 좋아할 수 있을지,

계산적인 관계와 두려움, 더욱 좋은 게 있을 거라는 기대에 현실에 불만족하는 마음은 버리고
가장 순수하게 살고 싶어.

그래서 카메라 하나에도 환한 웃음 보이고 즐거워하던 너희가 참 부러웠어. 좋은 사람이 될 거야, 분명.

덤벙대다 또 상처가 났다. 늘 이렇다. 팔목에, 손가락에, 발
등에 멍과 흉터가 희미하게 남아 있다.

관계에도 그대로 적용되는 것 같다.

또 사람에게 덜렁거리다 쉽게, 그러나 깊게 상처 받아 내
내 남는다. 마음 준 게 가볍진 않았는데, 나는 또 사람에 데
고, 찔리고, 멍든다.

부주의한 내 잘못이다.
다음엔 조심해야지, 라는 다짐도 무색하게

나는 또 활짝 발을 벗고 나서서 마음을 다하겠지.

속수무책으로 상처를 방관하겠지.

_ 다시 아이로

서둘러 나를 성장시키는 일이 필요했다. 홀로 설 수 있는 법을 알아야만 했다. 예를 들면, 용돈을 받지 않고 내가 원하는 물건을 사고 음식을 사먹는 법, 친한 친구와 멀어져도 나와 맞지 않는 사람이라고 쿨하게 인정하는 법, 나도 내 주변 사람들도 챙기며 살아가는 법, 혼자 지식을 쌓고 문장을 쌓으며 삶의 여백을 채우는 법, 불만이 있어도 투정은 삼켜두는 법.

그것을 계속 배울 수 있어야만 했다. 그게 어른이라고, 그게 요즘 사람들에겐 당연한 거고 살아가기에 편할 거라고, 쓸데없는 정은 키우지 않는 게 본인을 위한 거라고. 이런 말들을 듣고 싶지 않아서 모든 걸 다 아는 척, 다 겪은 척, 다 살아

본 척, 성장할 게 없는 사람인 척 웃으며 쿨한 척 살아봤다.

서둘러 나를 가혹하게 성장시킨 만큼 서둘러 다시 어린아
이로 돌아가고 싶다.

허탈함이 은근하게 맴도는 날이다.

마음껏 쉬어 본 적이 없어 휴식이 불편해 결국 단기 아르바이트를 구했다. 3일 동안 스포츠 의류 및 신발을 판매하는 일이었는데, 거기서 한 살 어린 여자 친구와 같이 일을 하게 되었다. 그 친구는 중성적인 얼굴에 안경을 썼으며 화장기 하나 없었다. 같이 점심과 저녁을 먹으며 친해지게 되어 이런저런 이야기를 많이 했다.

"친구는 학생이에요?"
"아니요. 전 미용을 하다가 적성에 안 맞아서 그만두고 대학도 안 갔어요. 지금까지 계속 일만 했어요. 이런 단기 아르바이트도 많이 하고요."

"힘들었겠네. 나도 중학교 때부터 횟집 아르바이트 하면서 지금까지 여러 가지 일했는데 잠깐 쉬거든요. 근데 쉬는 게 영 불편하더라고. 졸업 앞두고 있는데 뭐라도 해야겠다는 생각에 일해요."

"그래도 언니는 대학은 나오셨네요. 좋겠다. 소원이 있다면 사람들한테 무시받지 않았음 해요. 또 남들 놀 때 놀고 싶어요. 사람들 여름휴가 갈 때는 수영복 팔고 있었거든요."

둘째 날엔 10시간 넘게 서서 일하니 다리가 아프다며 투덜대는 날 보고, 또 내 신발을 보곤 이렇게 말했다.

"언니 신발 바뀌었네요. 전 이 신발 하나예요. 이거 너무 편하고 좋아요. 신발 떨어지면 뭐 그때 하나 사면 되죠."

우린 3일 동안 일하면서 꽤 많은 대화를 나누었고, 그 대화는 대부분 인생과 서로 좋아하는 분야, 앞으로 뭘 할지에 대한 것, 그냥 재미있는 이야기 등이었다. 그녀와 이야기하는 동안 가끔은 찡했고, 가끔은 미소가 흘러나왔다. 사회의 요

구에 충족되지 않는 학력도, 꿈을 찾지 못해 하는 방황도, 일단 해봤던 일들도, 모두 그녀에겐 아픈 것들이겠지만 그것들이 곧 그녀에게 반짝이는 삶을 가져다줄 것 같았기 때문이다.

소원이 남들 놀 때 노는 것, 학력으로 무시 받지 않는 것이라며 햄버거를 물던 모습과 곰돌이 푸가 그려진 단화 하나로 만족했던 그 달가운 얼굴이 자꾸만 아른거린다.

그런 힘듦에도 불구하고 잘 살아내고 있는 그녀에게, 또 모두에게 마음을 살피며 같이 삶의 강박에서 자유로워지자고 손길을 보낸다.

같이 괴로움에서 일어나
같이 삶을 잃지는 말자고,
같이 살아내자고
응원한다.

아빠를 보내며 _

　사람의 뒷모습이 늘어진 테이프처럼 천천히 머리에서 보인다.
　그 장면으로 나는
　내내 울 것도 같고
　내내 악바리로 살 것도 같다.

　그래도 아직은,
　그 좁은 어깨를 내내 먹은 사람이 나 같아서
　울 시간이 더 많을 것도 같다.

_ 스처도 인연

그렇게 다들 스처 지나갔지만, 그 스침에 많이 바스락대다 쓸쓸하진 않았던 것 같습니다. 그렇게라도 스처서 당신 기억에도, 내 기억에도 잠시라도 머물렀다면, 그것이 참 고마운 일인지도 모릅니다. 사람이 사람 속에 담긴 일이 참으로 달콤한 일이 아닙니까, 은밀한 일이 아닙니까.

고맙습니다, 짐작도 할 수 없던 순간들을 조금씩 단단하고 또렷하게 만들어주어서. 고맙습니다, 그런대로 꽤 멋졌던 순간을 담아주어서.